LA PANTHÈRE DES PALACES

DU MÊME AUTEUR
CHEZ LE MÊME ÉDITEUR

N° 1 : LE MONSTRE D'ORGEVAL
N° 2 : LE CARROUSEL DE LA PLEINE LUNE
N° 3 : L'ABOMINABLE BLOCKHAUS
N° 4 : LES SÉMINAIRES D'AMOUR
N° 5 : LE MARCHÉ AUX ORPHELINES
N° 6 : L'HÉROÏNE EN OR MASSIF
N° 7 : UN CHANTAGE TRÈS SPÉCIAL
N° 8 : LES REQUINS DE L'ÎLE D'AMOUR
N° 9 : LA CITÉ DES DISPARUES
N° 10 : LE CYGNE DE BANGKOK
N° 11 : LA MANTE RELIGIEUSE
N° 12 : LE JEU DU CAVALIER
N° 13 : LA CROISIÈRE INTERDITE
N° 14 : LE HAREM DE MARRAKECH
N° 15 : LA MAISON DES MAUDITES
N° 16 : LA PERMISSION DE MINUIT
N° 17 : LES CAPRICES DE VANESSA
N° 18 : LA VIPÈRE DES CARAÏBES
N° 19 : LE VOYOU DE MONTPARNASSE
N° 20 : LES FILLES DE MONSEIGNEUR
N° 21 : LA NUIT ARABE DE MONACO
N° 22 : LA FERMIÈRE DU VICOMTE
N° 23 : LA PUNITION DE L'AMBASSADEUR
N° 24 : LA SECTE DES AMAZONES
N° 25 : LES SIRÈNES DE L'AUTOROUTE
N° 26 : LE BOUDDHA VIVANT
N° 27 : LA PLANCHETTE BULGARE
N° 28 : LE PRISONNIER DE BEAUBOURG
N° 29 : LES ESCLAVES DE LA NUIT
N° 30 : LES POUPÉES CHINOISES
N° 31 : LES SACRIFIÉS DU SOLEIL
N° 32 : L'EXÉCUTRICE
N° 33 : LA PRÊTRESSE DU PHARAON
N° 34 : UN CANAL ROSE POUR CIBISTES
N° 35 : LES FANATIQUES DE LA VIDÉO
N° 36 : LES ANGES DE PIGALLE
N° 37 : SOSIES SUR MESURE
N° 38 : LA MARQUE DU TAUREAU
N° 39 : L'ÎLE AUX FEMMES
N° 40 : LA CHÂTELAINE DE L'ORDRE NOIR
N° 41 : LA PRINCESSE DES CATACOMBES
N° 42 : LA DISPARUE DE SUNSET BOULEVARD

Nº 43 : LE PARFUM DE LA DAME EN GRIS
Nº 44 : LES FEMMES MYGALES DE CÔTE-D'IVOIRE
Nº 45 : LA DANSE DES COUTEAUX
Nº 46 : LES AMANTS DE SINGAPOUR
Nº 47 : LA VEUVE DU LAC
Nº 48 : LES FANTASMES DU NOTABLE
Nº 49 : LA BÊTE DE LUBERON
Nº 50 : CARNAVAL À VENISE
Nº 51 : LES NUITS BLANCHES DE LA TOUR EIFFEL
Nº 52 : LOVE TELEPHONE
Nº 53 : GOLF-PARTY
Nº 54 : L'ENFER DU COLLECTIONNEUR
Nº 55 : LES SOMNAMBULES DU DOCTEUR MARLY
Nº 56 : LES ENVOÛTÉES DU MARABOUT
Nº 57 : LA TUEUSE D'HOMMES
Nº 58 : LA DIVA DU BOIS DE BOULOGNE
Nº 59 : LA FOLIE DE BARBE-BLEUE
Nº 60 : LE MANIAQUE DU PARKING
Nº 61 : LE BATEAU DES FILLES PERDUES
Nº 62 : LE DÉMON DU PEEP SHOW
Nº 63 : LES CHASSEURS DE MIREILLE
Nº 64 : LA PLAGE AUX NYMPHES
Nº 65 : NUITS DE CHINE
Nº 66 : LA FILIÈRE MEXICAINE
Nº 67 : LES SECRETS DE MADAME MAUD
Nº 68 : LA FEMME MASQUÉE
Nº 69 : TRANSPORT DE FILLES
Nº 70 : LA SECRÉTAIRE DU PATRON

MICHEL BRICE

BRIGADE MONDAINE

LA PANTHÈRE DES PALACES

PLON

Les dossiers Brigade mondaine de cette collection sont fondés sur des éléments absolument authentiques. Toutefois, pour les révéler au public, nous avons dû modifier les notions de temps et de lieu ainsi que les noms des personnages.

Par conséquent, toute ressemblance avec des personnes existantes ou ayant existé serait totalement involontaire et ne relèverait que du hasard...

ISBN : 2-259-01461-5

CHAPITRE PREMIER

La grosse chevalière en or alourdie d'un diamant énorme heurta la bouteille de Crystal Roederer posée sur la table basse à côté de la mallette. Debout devant le Noir, la fille dévorait le diamant des yeux. Un blanc-bleu pesant au moins quatre carats et dont la valeur devait tourner autour du million.

Le Noir releva la tête avant de manœuvrer les serrures de sa mallette de chez Hermès.

— Combien ?

Odile prit une longue inspiration, ce qui eut pour effet de faire saillir encore un peu plus sa poitrine aux pointes fardées d'un rouge sombre dans le balconnet de satin de sa guêpière. Elle avait tout de suite enlevé son vison beige-rose en entrant dans la suite de son client, le numéro 603, au sixième étage avec terrasse du palace d'où l'on voyait l'Arc de Triomphe illuminé. Et elle était apparue dans la « tenue de travail » souhaitée par le Noir, lors de ses tractations avec le concierge de nuit de l'hôtel, avant le dîner : escarpins vernis surélevés, bas résille à jarretières fleuries de rouge en plus des porte-jarretelles retenus par la guêpière étroite à tiges. Pas de slip et les seins libres, c'était dans le contrat. Comme la lourde mèche blonde cachant la moitié du visage et les gants de soie noire remontant plus haut que les coudes. Tout avait été minutieusement organisé entre le concierge et Omar Keresso. Y compris le parfum, Coco, de Chanel. Et le prix pour la nuit.

Odile se pencha pour resservir du champagne au Noir géant, affalé dans son canapé Louis XV. On aurait dit un hippopotame tellement il était énorme. Et un hippopotame ruisselant de transpiration dans son col déboutonné, cravate tirée de côté. Odile se cambra, bouche arrondie.

— Pige pas, bébé, le prix a été fixé, non ? Trois cents dollars pour la nuit.

Le Noir se mit à rigoler en faisant sauter les pênes de sa mallette.

— OK, mais c'est le prix officiel. Combien tu veux comme pourboire si tu es vraiment très salope ?

Il parlait un français impeccable, presque sans mâcher les « r ». Odile essaya de voiler l'ahurissement qui l'avait saisie à l'ouverture de la mallette. Celle-ci était bourrée de liasses de billets de cent dollars. Vu l'épaisseur de la mallette il y en avait bien pour cinq cent mille dollars. Une fortune.

— Cent de plus, minauda-t-elle.

Le Noir haussa les épaules et compta cinq billets.

— Tiens, salope.

Odile tendit la main mais le Noir retira la sienne.

— Minute. Ouvre la bouche.

Il lui plaça un billet entre les dents.

— Tourne-toi.

Il mit un autre billet dans la raie des fesses. Puis

il roula le troisième et le logea entre les deux seins. Les deux derniers aboutirent dans les attaches du porte-jarretelles. Le Noir partit d'un rire à faire s'effondrer le canapé sous lui. Puis il rajouta cinq autres billets. Mille dollars en tout.

— Va mettre la radio. Trouve-moi du rock. Et danse.

***

Maintenant, les billets avaient été soigneusement rangés dans le sac d'Odile. Quant à elle, accroupie à genoux entre les cuisses d'Omar, elle entreprenait de le déboutonner. C'était difficile, vu la monstruosité du membre déjà gonflé sous le tissu et qui tirait sur les boutons à les faire craquer. Enfin, Odile réussit à extraire le pieu de chair. Alors, elle se recula, effarée. D'expérience, elle savait que les Noirs sont montés comme des chevaux, mais là, il s'agissait d'un cheval de labour.

— Je ne pourrai pas ! balbutia-t-elle.

Le diamant de la chevalière lui releva le menton.

— J'ai bien demandé la plus grande bouche disponible, grogna Omar. Ouvre.

Odile obéit. C'était vrai qu'elle avait une bouche très grande et elle en était fière.

— Tu y arriveras, reprit Omar. Mille dollars, ça vaut un effort, non ?

Odile ferma les yeux et plongea. Très vite, son visage fut inondé de larmes.

Son client lui avait attrapé la nuque à deux mains et il l'attirait contre lui. Jusqu'à ce qu'elle l'avale en entier. Puis il fallait repartir en arrière et revenir. Et ainsi de suite. Très lentement. Chaque fois, elle hoquetait, au bord de l'étouffement et de la nausée. Mais les billets dansaient dans ses rétines. Alors, elle lui fit le grand jeu. Toutes les minauderies dont elle était capable. Les ralentissements et les accélérations soudaines, les mordillements tout au long de la hampe en griffant celle-ci à petits coups d'ongle. Omar se tordait désormais dans son canapé, nuque renversée dans le dossier et il bafouillait des cochonneries en dialecte entrecoupé de français.

Quand elle le sentit au bord d'exploser, elle lui fit le coup de la ventouse. Mains bien serrées autour de la hampe comme pour l'étrangler et lèvres hermétiquement collées autour du gland, à sa base. Puis elle aspira et déglutit en même temps, pour faire le vide. Après, sa langue se mit à tournoyer.

Omar explosa avec une telle violence qu'il souleva presque Odile de terre dans son coup de reins. Il la secoua longtemps comme ça, accrochée au membre qui n'arrêtait pas de se vider par saccades.

Quand il eut fini et s'arracha à elle, elle était verte d'asphyxie.

— Avale, ordonna-t-il. Tout doucement.

Il rigolait.

— C'est plein de vitamines. C'est bon pour toi.

Elle réussit à obéir jusqu'au bout. Alors, il la fit le déshabiller en entier. Puis il se leva. Il faisait beaucoup plus d'un mètre quatre-vingt-dix et pour ses cinquante ans au moins, il était drôlement bien conservé. Le ventre en ballon sans doute, mais une musculature d'orang-outang. Il la faisait penser à une espèce de King-Kong. Il la souleva comme une plume d'un seul bras et la colla contre sa hanche par la taille, tête et bras ballants dans son dos et fesses offertes par-devant.

La claque atterrit sur les fesses avec une violence qui la fit se cabrer en criant.

— Allez, on passe aux choses sérieuses, fit Omar en se resservant une dernière coupe de champagne.

Puis il se dirigea vers la chambre et la jeta sur le lit.

— En levrette, fit-il. Le cul ouvert à deux mains.

Son membre était toujours aussi droit.

***

Odile titubait à travers la chambre vers la salle de bains. Au passage, elle nota l'heure inscrite en chiffres lumineux à côté de l'écran de la télévision. Presque quatre heures du matin. Derrière elle, le Noir ronflait, bras et jambes en croix, à plat ventre en travers du lit dévasté.

Elle entra dans la salle de bains et referma avant d'allumer. Quand elle se vit dans la glace, elle se fit peur. De profonds cernes noirs bordaient ses yeux et elle avait une tête de leucémique. Depuis le début, Omar n'avait pas arrêté. Inépuisable. Jamais fatigué. En redemandant toujours et toujours. Elle s'appuya au rebord du lavabo et soupira plusieurs fois. Ses maxillaires étaient douloureuses à force d'avoir été écartés à la limite de la luxation. Entre ses fesses, le chemin de ses reins la brûlait abominablement. Demain, pas de tapin. Repos.

Pour l'instant, pourvu qu'il ne se réveille pas... Elle attendrait huit heures du matin, comme convenu. Sur le canapé, c'était plus prudent. Et puis à huit heures, tchao King-Kong. Et merci pour les mille dollars.

La porte s'ouvrit dans son dos et elle blêmit.

— Tu allais te tirer ?

Elle se tourna vers la masse de muscles. Les grosses lèvres épaisses avaient un bon sourire coquin.

— Mais non, murmura-t-elle. Je voulais me remaquiller, c'est tout.

Il lui attrapa le bras et tira :

— M'en fous. Regarde ça.

Il désignait de l'autre main son bas-ventre. Où le membre était au repos.

— Qu'est-ce que tu en dis, salope ? Tu ne peux pas le réveiller ?

Odile se mordit les lèvres et s'agenouilla. Elle happa et se mit au travail. Rien à faire. Le membre avait décidé de faire dodo.

— Merde ! jura Omar. Je ne suis plus ce que j'ai été.

Il la releva.

— Tu sais ce que tu vas faire ? Tu vas me trouver un martinet. Ton concierge n'a qu'à se débrouiller.

Elle se recula si vivement qu'elle heurta le marbre du mur derrière elle.

— Ah non, ce n'est pas dans le contrat.

Le Noir éclata de rire :

— Pauvre conne ! Ce n'est pas pour toi, le martinet, c'est pour moi. Ça réveille, tu piges ? Et puis, trouve aussi une cordelette.

Odile hocha longuement la tête, rasséréné.

— Ah, je vois...

Elle sourit :

— OK, je m'en occupe. Mais ça vaut bien un petit supplément.

Omar la fixa :

— Cent dollars ? Ça te va ?

Elle alla prendre son vison sur la bergère où elle l'avait abandonné en arrivant et elle sortit.

En bas, le hall était désert, fantomatique dans son éclairage réduit. Sauf du côté du comptoir où Max, le concierge de nuit, écoutait le bulletin de quatre heures à son Walkman.

Odile dut taper au comptoir pour attirer son attention. Max sursauta et ouvrit des yeux ronds en arrachant ses écouteurs.

— Qu'est-ce qui se passe ? Tu en fais une tête. Il y a un problème ?

Odile examina le petit homme chauve aux épaules de catcheur. Max Bruneau, le concierge de nuit, l'« homme aux clés d'or » du palace. Mais aussi l'un des plus fameux proxénètes de Paris. Il n'avait pas son pareil pour offrir des « oreillers de charme » aux clients esseulés de son hôtel. Et il disposait de tout un réseau de filles, de tous les genres et de toutes les spécialités. Avec la clientèle internationale de son palace, ce n'étaient pas les occasions de rendre un petit service qui manquaient. Max arrangeait tous les coups, de la partouze aux clandés, en passant par les spectacles hard inconnus et les séances les plus bizarres. Dans le monde entier, hommes d'affaires et politiciens le connaissaient : quand on est de passage à Paris, c'était à Max qu'il fallait s'adresser pour la bagatelle.

— T'inquiète, fit-elle. Il n'y a pas de problème. Sauf que c'est une bête, je ne te dis pas. Et que je ne vole pas mon pognon. Mais maintenant, écoute-moi bien. C'est sérieux.

Elle se pencha.

— Tu te sens capable d'un gros coup ? Je veux dire, vraiment un très gros coup.

Max s'immobilisa :

— Viens.

Il l'entraîna dans son arrière-boutique. Là, Odile alluma nerveusement une cigarette.

— Là-haut, dans la suite 603, il y a le coup de ma vie. Et c'est bien parce que j'ai besoin de toi que je t'en parle. Part à deux si tu marches. Mais je te préviens, c'est risqué.

Max lissa sa petite moustache avec le pouce et l'index.

— Arrête de tourner autour du pot. Il s'agit de quoi ?

Elle planta ses yeux dans les siens.

— De tuer.

Max se laissa aller sur une chaise.

— Tu es dingue ou quoi ?

— Pas du tout. Il a une mallette avec à peu près cinq cent mille dollars dedans en liasses de cent. J'ai assez passé du fric en Suisse pour savoir évaluer ce que contient une mallette. Et ce n'est pas tout. Tu as vu sa chevalière ? Bon... Tu sais combien ça vaut, un diamant de cette taille ? Au moins un million de francs. Réfléchis.

Max se mangeait les lèvres.

— Merde... Mais tu te rends compte un peu ?

Odile releva sa mèche d'un mouvement brusque de la nuque :

— Voilà comment on va faire. Il a un coup de fatigue et il a besoin du truc du martinet et de la cordelette. Bon, tu as tout ça, tu es un vrai pro. Tu vas me les donner. Et je me mets au boulot. Toi, tu as été para en Algérie. Tu débarques là-haut avec ton passe et tu me l'assommes pendant que je le travaille. Tu l'achèves. Ascenseur de service. Je mets ma BMW juste devant la porte. C'est une ruelle. Il est quatre heures du matin. Ce serait vraiment pas de bol qu'on nous surprenne. Et à deux, on peut le traîner, non ? Il aura disparu et voilà tout.

Max se mordilla l'ongle du pouce.

— Et le corps, on en fait quoi ?

Odile se mit à rire.

— Tu as bien une idée, l'ancien para.

Max releva le nez :

— Tu as dit cinq cent mille dollars, plus le diam...

— Sans compter ce qu'on peut trouver d'autre. Qu'est-ce que tu attends pour te décider ? Tu es la lope totale ou quoi ?

Max se leva :

— Donne-moi trois minutes. Je gamberge.

*
**

Avant de cogner à la porte de la suite, Odile sifflota un moment. Elle aussi gambergeait une dernière fois. Puis elle frappa, très calme.

Toujours nu et bien calé dans son canapé, Omar regardait une cassette porno sur son écran TV.

— Tu en as mis un temps, fit-il en se tournant vers Odile.

Elle jeta le martinet et la cordelette sur le lit.

— Si tu crois que ça se trouve facilement...

De biais, elle vérifia qu'il n'y avait pas une nouvelle bouteille de champagne sur la table basse. Ouf... Ça aurait tout fichu par terre si le Noir avait sonné le service de nuit.

— Retourne au lit, gros lard, et à plat ventre. Tu me préviendras quand ça repartira.

Le martinet était un vrai martinet de chez Suzanne Marache, à Fétigny, dans le Cantal (1). Manche en bois verni et six lanières de cuir à la longueur réglementaire : trente-sept centimètres. Il avait coûté trois cents francs tout rond à Max Bruneau qui en possédait deux autres : il n'était pas rare qu'ils soient de service tous les trois à la fois dans le secret des innombrables chambres du palace. Généralement, c'était des bouches féminines qui mordaient l'oreiller pour le bon plaisir des clients, ou des maris. Peu d'hommes connaissent les vertus revigorantes du martinet.

Omar Keresso, richissime pétrolier et diamantaire gabonais, politicien important de surcroît, s'était très docilement aplati sur le lit et il mordait l'oreiller comme un brave à chaque cinglement des six lanières. Odile y allait de tout son cœur.

— Prends ça, mon salaud ! Et encore ça !

C'était Omar qui lui avait demandé d'agrémenter les coups de ces petites réflexions. Ça l'excitait

(1) Seule fabricante de martinets au monde, Suzanne Marache en vend trois cent mille par an. Les touristes viennent de toute l'Europe et de l'Amérique, pour visiter son atelier. Le nom vient de son inventeur, un Français du XVIIe siècle appelé Martinet.

aussi. Comme la cordelette nouée à la limite du supportable autour du cou. Les effets bien connus de la strangulation sur les pendus...

Odile s'arrêta, haletante, au bout d'une dizaine de minutes. Un fouillis de marques rouges striaient les fesses rebondies du Noir.

— Alors, ça vient ?

Omar se releva à quatre pattes et s'examina par en dessous.

— Ça commence.

Il se réaplatit.

— Cogne plus fort, bordel !

Odile s'essuya le front. Qu'est-ce qu'il ne fallait pas faire pour gagner sa vie...

Enfin, le Noir se retourna, hilare. Ça y était. Son membre de cheval avait recommencé à se dresser tel un pieu. Il desserra un peu le nœud de sa cordelette. Sans l'enlever. On ne savait jamais. Mais il avait les veines du cou gonflées à rompre et les yeux hors de la tête.

— Viens, ordonna-t-il. Ça va être ta fête.

A peine Odile fut-elle couchée qu'il la retourna à plat ventre. Il l'écrasa aussitôt et ce fut au tour de la fille de mordre l'oreiller. Mais elle réussit à se retenir de hurler et elle se mit à gémir, singeant le plaisir. Ravi, Omar l'attrapa par la nuque à pleines dents. Et il se rua à petits coups de reins jusqu'au plus profond d'elle-même. Ivre de bonheur. Sodomiser une Blanche, et une blonde, en plus, il n'y a que ça de bon, pour un Noir.

Derrière lui, au pied du lit, un petit homme en manches de chemise tenait à la main une matraque de cuir plombé. Ses mains étaient gantées. Il était petit, mais les muscles tendaient le tissu de sa chemise. Max Bruneau, ancien sergent-chef dans les paras reconverti dans l'hôtellerie après l'OAS, entretenait sa forme quotidiennement dans une salle de body-building. Plus, deux fois par semaine, un entraînement de karaté.

Il fit lentement le tour du lit, pour aller se placer du côté gauche. Il avait remarqué que le Noir se tournait toujours de l'autre côté quand il reprenait son souffle avant de réenfoncer ses dents dans la nuque de la pute. Quand il fut tout près, il se cala soigneusement sur les pieds, jambes écartées et il leva la matraque. Mais sa main tremblait et il se mit à paniquer. Ce n'était pas possible, il se lançait dans la folie totale... En même temps, il voyait lui aussi passer devant ses yeux des liasses de dollars. Part à deux, avait dit Odile. Deux cent cinquante mille dollars pour lui tout seul en liquide... Une fortune à mettre en Suisse sur un compte numéro. La tranquillité à vie...

Au-dessous de lui, le corps monstrueux du Noir défonçait de plus en plus fort la fille si frêle sous la masse ruisselante de transpiration qu'il ne voyait d'elle que les cheveux, les bras et les jambes écartelés.

La voix d'Odile monta, étouffée, haletante :

— Vas-y, vas-y...

Le Noir prit ça pour lui et il accéléra. Alors, Max s'arracha à son mélange de cauchemar et de rêves. Et il abattit sa matraque, les dents serrées. Il y eut un sifflement assourdi et un choc mou. Aucun son ne sortit de la bouche d'Omar Keresso. Il ne sursauta même pas. Le coup reçu était un coup de pro. Sec, net, juste sur le bulbe rachidien. Il s'affala, complètement immobile. Sous lui, Odile retenait son souffle, en se mangeant les lèvres. Max posa tranquillement la matraque sur le bord du lit et se mit à genoux dans les draps. Il souleva la tête du Noir à deux mains et veilla à disposer celles-ci comme il le fallait. Puis il retint sa respiration et hop, il fit faire à la tête un brusque aller-retour. Le bruit des vertèbres brisées net sembla à Odile une explosion tout contre elle. Mais déjà Max tirait le corps de côté et le retournait sur le dos avec une force ahurissante. Là, Odile faillit hurler, tellement le membre toujours dressé lui avait fait mal en se retirant de ses reins. Elle se roula en boule de côté. Des mouches volaient dans ses yeux.

Max se pencha sur elle :

— Ça va ?

Odile se souleva péniblement sur les coudes et observa le corps inerte à côté d'elle. La tête était comme dévissée de côté. Tout un réseau de veines et d'artères, gonflées par le serrage de la cordelette parcouraient le cou et les tempes. Les yeux saillaient, déjà troubles, avec le blanc rouge comme si une hémorragie s'était déclenchée dedans. Odile se détourna, au bord de vomir.

Déjà, Max se ruait sur la mallette pour vérifier. Il siffla d'admiration.

— Tu es en dessous du compte.

Toutes ses craintes s'étaient envolées. Maintenant, il fallait procéder par ordre. Et tout fouiller. Placards, bagages, vêtements. En veillant à ne pas laisser d'empreintes. Du côté d'Odile non plus, il n'y aurait pas de problème : elle était toujours gantée.

*
**

Le butin au complet était désormais sous leurs yeux, étalé à côté de la mallette. Trois montres plus serties de diamants les unes que les autres, la chevalière, des épingles de cravates démentes, trois cartes de crédit super Gold, le modèle barré transversalement qui donne droit à des achats de cent mille francs chacune sans contrôle. Et une « divine » surprise, trouvée dans le double fond d'une Samsonite : un bon kilo de diamants bruts dans un sac en plastique. Et un bout de papier sur lequel étaient inscrits l'adresse et le téléphone d'une banque à Genève. Plus les chiffres d'un compte numéro. Le genre de compte dont il suffit que vous donniez le numéro pour qu'on vous y donne accès sans aucune question.

Avant de tout enfourner dans leurs poches, ils remirent de l'ordre partout soigneusement. Et ils emportèrent la clé de la suite avec eux. Le plus dur restait à faire : se débarrasser du corps.

La chance était avec eux. Personne ne les surprit à traîner leur paquet nu d'au moins cent vingt kilos dans le couloir. Dans l'ascenseur non plus, ni en bas, à la sortie. Heureusement qu'Odile avait une BMW 728 I, le gros modèle : ils durent forcer pour refermer le coffre sur le corps.

Un quart d'heure plus tard, Odile rangeait sa voiture dans le parking souterrain de son immeuble. Il ne lui restait plus qu'à attendre l'arrivée de Max, qui terminait son service à huit heures.

Max sonna à huit heures et demie, comme convenu. Lui aussi avait complètement repris confiance : le plus dur était passé. Ils se mirent à compter les billets fébrilement. Max avait raison, il y en avait plus qu'Odile n'avait estimé. Six cent mille dollars tout rond. Plus de quatre cents millions de centimes.

Ils firent deux tas. Trois cent mille chacun. Puis ils se penchèrent sur le problème du reste. Là, c'était plus difficile. Il fallait estimer la valeur réelle de la chevalière, des montres et des épingles de cravate. Comme celle des diamants bruts. Le seul moyen possible, c'était d'aller chez un receleur. Ils y perdraient mais ce qu'ils voulaient, c'était du liquide. On se fait confiance, mais tout de même...

— Pour les cartes Gold, fit remarquer Odile, tu te rends bien compte que seul un Noir peut s'en servir. Avec un nom pareil... Tu en as un sous la main ?

Max alluma une cigarette et réfléchit.

— Je crois bien que oui. Un étalon que j'ai dans mon réseau depuis six mois. Superbe, entre parenthèses.

Odile haussa les épaules.

— Tu sais, les Noirs en ce moment, j'ai plutôt envie de ne plus en voir. Mais le problème, c'est de savoir jusqu'où on le met au courant. Ça risque de faire du bruit, la disparition de King-Kong. Il suffit qu'il lise le nom dans les journaux. Ça va le faire gamberger.

— Tu as une autre solution ?... Bon. On ne lui parle bien entendu que des cartes et je propose qu'on lui dise qu'on a raflé au plus quinze mille dollars dans ses poches. Part à trois. Il sera content avec cinq mille.

— Ça c'est à voir. Parce qu'en plus, il va vouloir

se servir des cartes pour lui-même... Enfin, on avisera. De toute façon, pas plus d'une semaine, l'utilisation des cartes. Après, c'est trop risqué.

Max agita l'index :

— Et le compte numéroté ? On fait comment ?

Odile lui adressa un baiser très tendre.

— On va le vider ensemble, mon chou. Ensemble.

Ils se fixèrent. Là, c'était la grande question de confiance : à en juger par ce que contenait déjà la mallette, le compte numéro devait regorger de fric. Et ils connaissaient tous les deux le numéro secret. Facile de prendre l'avion pour Genève. Et le vol ne dure que quarante petites minutes. Il suffit de la demi-journée. Et pas question d'agiter des menaces réciproques, du genre « je te donne aux flics pour telle ou telle casserole que tu traînes à la patte ». On se moque pas mal de tels détails quand on a vidé un compte numéro en Suisse.

— Si tu me fais ce coup-là, reprit Odile, suave, je te retrouverai. Et je te buterai.

Max éclata de rire :

— Déconne pas. Je peux te renvoyer la politesse. Alors on est d'accord ?

— OK. On met de côté pour l'instant. Attendons la revente des cailloux.

Ils réempochèrent chacun leur part provisoire du butin.

***

Avant de s'engouffer vers dix heures dans le tunnel de l'autoroute de l'Ouest, la BMW fit deux arrêts en chemin. Devant un magasin de sport, d'où

Max ressortit plié en deux par le poids de ce qu'il portait. Et devant une droguerie. Là, le paquet fut à la fois moins volumineux et moins lourd.

Max et Odile sortirent de l'autoroute après Mantes-la-Jolie et s'engagèrent dans un chemin de terre menant à la Seine entre Bonnières et Vernon, cahotant jusqu'à un vieil embarcardère de plaisance abandonné et noyé dans les arbres. Là, ils descendirent, ouvrirent le coffre. Et ils se mirent au travail. En bas, la Seine roulait des eaux boueuses. Une crue commençait après les pluies diluviennes de la première quinzaine de décembre.

CHAPITRE II

Pour le commissaire divisionnaire Charlie Badolini, patron de la BSP, la Brigade des Stupéfiants et de Proxénétisme, autrement dit la Brigade Mondaine, les rôles étaient inversés. D'habitude, c'était lui qui trônait derrière le bureau du chef, distribuant ses ordres à ses subordonnés, respectueusement attentifs de l'autre côté sur leurs chaises.

Là, c'est lui qui écoutait et disait « Oui, Monsieur le Directeur. Bien sûr, Monsieur le Directeur ».

En face de lui un grand énarque élégant, un très haut fonctionnaire de dix ans de moins que lui et promis à une carrière politique, le directeur de la Police judiciaire. Le « Dirlo ». L'homme qui pouvait le casser d'un coup de fil.

Le Dirlo ôta ses lunettes en demi-sphère de presbyte et les déposa sur son bureau.

— Je vais être franc, mon cher Badolini. Jamais je n'ai autant compté sur vous et vos services.

Il esquissa un léger sourire :

— Notez que vous avez toute ma confiance. Votre service nous donne entière satisfaction et j'ai parlé au ministre, croyez-le bien.

L'éternelle pommade quand on a quelque chose de très coton à demander...

Charlie Badolini s'inclina :

— Merci, Monsieur le Directeur.

L'autre agita la main, princier.

— Voici pourquoi je vous ai fait venir. Un homme d'affaires gabonais, très important pour les rapports entre nos deux pays, a disparu de son hôtel depuis trois jours. Tout simplement. Aucun indice, aucune piste, rien. La DST est sur les dents et à l'Elysée, on est extrêmement ennuyé. Vous n'êtes pas sans savoir que le Président organise en ce moment même une conférence des chefs d'Etats africains francophones. Et vous imaginez facilement tous les problèmes que créent cette disparition. Omar Keresso, puisque c'est son nom, est ce qu'il est convenu d'appeler une huile. A tous les niveaux. D'abord à cause de sa fortune. Possesseur d'une des plus riches mines de diamants de son pays, il est en outre le deuxième actionnaire, côté Gabon, de la troisième concession pétrolière de son pays. Et à ce titre, j'en viens au côté politique, il joue un rôle secret d'émissaire très influent entre son pays et le nôtre. Je ne vous donnerai qu'un détail : son absence depuis trois jours dans la délégation de son pays crée d'énormes difficultés.

Il marqua un temps d'arrêt.

— Nous ne sommes pas ensemble pour tourner autour du pot, mon cher Badolini. La DST a de tels rapports sur la vie privée d'Omar Keresso que nous ne pouvions que tout naturellement nous adresser à vous.

— J'ai mes « blancs (1) » aussi sur lui, Monsieur le Directeur, fit doucement le patron de la Brigade Mondaine.

— Je n'en doute pas. Mais j'ai ici ceux de la DST. Même s'ils se recoupent avec les autres, ils vous seront certainement utiles.

Il tendit une chemise. Rose.

— Au fait, reprit-il, j'aimerais que vous confiiez cette affaire à votre meilleure équipe. Messieurs Corentin et Brichot. Leur succès dans cette terrible affaire mexicaine a fait le meilleur effet en haut lieu (2).

Charlie Badolini sourit :

— J'avais pensé à eux en priorité.

— Très bien, très bien. Encore un point : il est entendu que rien ne doit filtrer. Secret le plus absolu de rigueur. Le nécessaire a été fait du côté de l'hôtel. Quant aux milieux proches de la conférence, comme on dit, on a donné comme version que Keresso a été appelé d'urgence au chevet de sa mère mourante. Celle-ci vit à New York. Ça nous laisse du temps pour voir venir.

Il se leva. Il était immense.

— Il ne nous reste plus qu'à compter sur vous. Et tenez-moi au courant heure par heure s'il le faut, le Président veut un rapport bi-quotidien.

Charlie Badolini se leva à son tour.

— Ce sera fait, Monsieur le Directeur. Mais permettez-moi de vous poser une question. Y a-t-il possibilité d'une vengeance politique ?

— A priori, non. Mais tout est possible. En tout

(1) Rapports secrets.
(2) Voir Brigade Mondaine n° 66, *La filière mexicaine.*

cas la seule piste reste la vie privée, même si ce côté-là n'a servi que de prétexte dans l'hypothèse à laquelle vous faites allusion. Omar Keresso a toujours eu des nuits très agitées lors de ses passages à Paris...

« Alors, comme il a été vu pour la dernière fois à son hôtel vers vingt heures, quand il est ressorti dîner, la logique est d'essayer de reconstituer sa nuit, vous ne croyez pas ?

*
**

Cette fois, les choses étaient revenues dans l'ordre. Charlie Badolini était du bon côté du bureau, le sien, au deuxième étage du 36 Quai des Orfèvres, avec vue sur la Seine. Et du côté des subordonnés, sa fine équipe : l'inspecteur divisionnaire Boris Corentin et l'inspecteur principal Aimé Brichot. Le grand et le petit. Le sosie d'Alain Delon et le chauve à lunettes Amor de myope léger, impayable comme toujours dans une de ses tenues de gravure de mode anglaise à budget réduit. Mais plus de veste aujourd'hui. Un blouson de cuir d'Old England : il faut savoir se mettre à la page.

La chemise rose venue de la DST était entre les mains de Boris, posée sur le « blanc » sorti du coffre-fort personnel de Charlie Badolini.

— Vous verrez, reprit celui-ci, qu'à quelques détails près, tout coïncide. Comme quoi nous faisons un aussi bon travail que la DST. Cela dit, leur boulot est plus fouillé que le nôtre, évidemment. Keresso relève très directement de leur surveillance.

Boris tapota la chemise rose.

— Si je me rappelle bien, ce type n'est pas le Noir classique qui s'envoie des filles en série chaque fois qu'il vient à Paris. Je crois me souvenir qu'une étoile filante (1) nous a raconté un jour qu'il est friand du coup de fouet et de la strangulation. Je me trompe ?

Charlie Badolini esquissa un sourire. Pour lui, Boris, c'était le fils qu'il aurait rêvé d'avoir.

— Je vois que votre fameuse mémoire fonctionne toujours aussi bien. C'est exact. Et il y a, côté DST, d'autres confirmations du fait.

Aimé Brichot toussota et se gratta la moustache :

— Bon, mettons qu'il ait eu un rancart de ce type. Il y a peut-être un foirage avec la strangulation. C'est déjà arrivé. Alors là, macache pour le retrouver. La fille ne va pas venir se vanter.

Boris alluma une Gallia.

— Et le corps ? Ça ne se fait pas disparaître si facilement. Bon, on met l'hypothèse de côté pour l'instant.

Il se leva.

— Au fait, à quel hôtel il est descendu ?

Charlie Badolini lui donna le nom d'un des palaces les plus célèbres de Paris.

— Mince, siffla Brichot, mon rêve. Une suite à deux avec Jeannette. Champagne, caviar...

Boris le poussa doucement dehors.

— Allons, cesse de rêver. Tu ne pèses pas assez lourd, mon vieux. Tu n'es qu'un flic, tu piges ?

***

(1) Prostituée sans territoire fixe.

Sur la contre-allée, devant le palace, c'était l'habituel ballet des limousines avec chauffeurs empressés courant ouvrir les portières à des personnages importants. Arabes et Noirs pour la plupart.

Boris et Aimé se frayèrent un chemin entre les pare-chocs et ils levèrent le nez vers l'entrée illuminée de guirlandes de lampes et bordée de deux sapins en pot saupoudrés de neige artificielle : on était à quelques jours de Noël.

Devant la porte à tambour, ils s'effacèrent : une créature de luxe aux longs cheveux blonds sortait en fourrure blanche, portant dans ses bras un yorkshire apeuré.

Boris s'avança vers elle.

— Tiens, Nadia ! Tu as l'air bien esseulée. Ça ne marche plus ?

La fille sursauta en virant vers lui. Mais l'air furibond se transforma tout de suite en sourire.

— Boris !... Qu'est-ce quc tu fais ici ?

Elle se rapprocha tout près de lui.

— Ça fait si longtemps que tu ne m'as pas appelée. On oublie sa Nadia ?

Boris caressa la nuque du yorkshire.

— Comme si on pouvait t'oublier. Alors tu en es où ?

— Toujours la même chose, comme tu vois. Le boulot.

Elle parcourut du regard le flot des limousines qui crachaient leurs nababs.

— La concurrence se fait dure. Tu vas voir. A l'intérieur. Il y en a quinze comme moi. Et toi ? Tu es sur un gros coup ?

Boris prit l'air indifférent.

— Non. Juste un rancart de routine.

Elle prit l'air mystérieux.

— Je vois. Bon, appelle-moi un de ces jours. Pour toi c'est gratuit, tu sais !

Boris lui fit un petit signe amical de la main et le portier galonné lui poussa le tambour. Une fois dedans, ils s'enfoncèrent dans la moquette. Des grooms couraient partout avec des paquets dans les bras. Une dizaine de Japonais se pressaient au garde-à-vous autour de leur guide. Ceux-là n'allaient pas tarder à prendre la direction du Lido. Des groupes discutaient dans de profonds canapés autour de bouquets de fleurs géants disposés sur les tables basses. Un peu partout, des filles trop élégantes pour être des clientes de l'hôtel. Nadia n'avait pas menti : il y avait pléthore de dragueuses. Au-dessus du brouhaha feutré général, on entendait, du côté du bar américain, le pianiste de service jouer un pot-pourri des *Yeux Noirs* et de *Chopinata.* De longues étrangères en robe du soir jetaient des coups d'œil discrets aux devantures des boutiques aux vitrines constellées d'autocollants de toutes les cartes de crédit du monde. Un jet d'eau tremblotait dans un patio croulant de plantes vertes géantes. Très loin au-dessus, le métro fonçait dans son tunnel, secouant ses masses agglutinées de salariés rentrant du boulot. Et ici, c'était une oasis de luxe fabuleuse, avec un mélange d'odeurs de roses et de parfums rares.

***

Max Bruneau avait repéré à vingt mètres le « couple » qui venait d'entrer. Le grand, athlétique et digne de faire du cinéma, et son équipier obligé, le petit chauve à lunettes fou d'élégance. Des flics...

Son cœur se mit à battre un peu plus fort quand ils vinrent vers lui mais il ne fut pas étonné. A la limite, il trouvait même qu'ils venaient bien tard à l'assaut : Omar Keresso avait « disparu » depuis trois jours déjà et la police ne l'avait toujours pas contacté, lui, le concierge de nuit, plus sérieusement que pour quelques questions, hier.

— Puis-je vous être utile à quelque chose, Messieurs ? fit-il de sa voix la plus obséquieuse.

Boris lui sourit et sortit sa carte de police.

— Nous aimerions vous parler. Simple question de quelques renseignements. Pouvez-vous vous faire remplacer un moment ?

Max ne marqua aucune surprise visible.

— Mais bien sûr, fit-il. J'appelle un collègue.

Ils s'installèrent à l'écart. Boris entra tout de suite dans le vif du sujet.

— Vous devinez bien sûr pourquoi nous sommes là. Cet homme d'affaires gabonais disparu depuis trois jours.

Max Bruneau prit son air le plus sérieux.

— Je sais. Vos collègues de la DST sont venus me trouver hier. Je peux vous répéter ce que je leur ai dit.

Boris se pencha.

— Allons-y. Bon, à quelle heure exactement avez-vous vu pour la dernière fois monsieur Keresso ?

— Peu après vingt heures trente. Il est descendu de sa chambre pour me rendre les clés qu'il était venu me prendre juste au début de mon service. Je lui ai demandé s'il voulait que je lui appelle une voiture et il m'a dit que c'était inutile. J'en ai conclu que quelqu'un l'attendait dehors.

— Il n'est pas rentré de la nuit ?

— Non. J'en suis certain, j'étais seul de service. Je n'ai pas bougé. Et d'ailleurs, sa clé n'a pas été remise au tableau.

— Je sais, fit Boris.

Il le fixa :

— Monsieur Bruneau, vous comprenez évidemment toute l'importance de vos réponses. Alors, je vais être très franc.

Max soutint son regard sans ciller.

— Nous savons parfaitement, reprit Boris, à quelles petites activités annexes vous vous livrez. Les détectives d'hôtel, ça n'existe pas pour rien. Alors, il ne faut rien me cacher, ce serait complètement idiot de votre part. Monsieur Keresso vous aurait-il par hasard demandé ce soir-là ce qu'on appelle un « oreiller » ? Attention à votre réponse. Inutile de vous faire un dessin, n'est-ce pas ?

Max partit d'un petit rire.

— En ce qui concerne des voyages précédents de monsieur Keresso, c'est oui. Mais là, croyez bien que je suis désolé, mais je ne peux que répondre par la négative. Il ne m'a rien demandé.

— A votre extrême déception, n'est-ce pas ? jeta Boris.

Max se passa la langue sur les lèvres.

— On ne peut rien vous cacher.

— A votre avis, il avait été déçu par vos précédentes entremises ?

Max parut hésiter.

— Peut-être...

Il parut porter un lourd secret, subitement.

— Et puis, je vous dis tout. Oui, il avait été déçu lors de son précédent séjour à Paris. Il avait exprimé un désir spécial...

— De quel genre ?

Le concierge de nuit paraissait vraiment très contrarié.

— Vous êtes de la Mondaine, finit-il par dire. Vous connaissez le vocabulaire. Il voulait un martinet-cordelette.

Boris prit l'air étonné.

— Et vous n'avez pas ça dans votre cheptel ?

— Si bien sûr, mais deux seulement. Et elles étaient déjà prises. Monsieur Keresso a eu l'air très contrarié et il m'a remercié sèchement. J'ai compris qu'il se passerait désormais de mes services.

Boris se leva.

— Très bien. Maintenant, rappelez-vous : le silence total sur tout ça. Compris ?

Max approuva plusieurs fois de la tête avec servilité.

***

Boris reposa son Martini dry sur la table basse. Apéritif offert par la maison, via Robert Mallet, le détective de l'hôtel. Une vieille connaissance. Il était inspecteur à la Brigade Mondaine quand Boris y était entré. Toujours aussi bel homme et sympathique ; autrefois, c'était un de ceux qui avaient tuyauté Boris à son arrivée à la « Maison ». A sa retraite, trois ans plus tôt, il avait été contacté par la direction du palace pour le poste de détective privé. La filière classique : les grand hôtels aiment profiter de l'expérience d'un ancien de la Mondaine.

— C'est la vraie fouine, non, ce Max Bruneau ?

Robert Mallet hocha la tête.

— A qui le dis-tu. Il voit tout, il sait tout. Il organise tout. Avec son réseau, il doit se faire dans les soixante mille mensuels au moins avec ses trente pour cent. Plus les pourboires. Dégueulasse, mais on a besoin de lui.

— A ton avis, reprit Boris, il est capable de nous cacher quelque chose ?

— Oui. Il est capable de tout. Mais là, je vois mal son intérêt. Bon, mettons qu'il ait organisé un truc vraiment très spécial pour Keresso. Vous finirez bien par le découvrir. Alors, il tombe. Il est loin d'être bête. Il a pigé toute l'importance de l'affaire. Pour lui, avouer un oreiller qui a mal tourné, c'est avoir des ennuis. Mais ça n'est pas perdre tout. Alors, franchement, je ne crois pas qu'il mente.

Il s'arrêta, index levé.

— A moins qu'il soit mouillé dans le coup.

— Lequel ? tiqua Boris.

— Je ne sais pas. Une soirée qui tourne mal. Ça arrive avec les martinets-cordelette — tu le sais comme moi.

— OK, fit Boris, mais même là, il n'est pas directement concerné. Il a intérêt à lâcher le morceau.

Robert Mallet trempa les lèvres dans son verre de Byrrh.

— Tu vois, Boris, on en arrive au même résultat.

Il reposa son verre.

— Dommage que j'aie été de repos ce jour-là. D'habitude je m'installe toujours ici, à cette place, tiens, en début de soirée. Pour surveiller mon petit Max. Et le faire venir au rapport, après.

Boris approuva.

— Dommage, mais c'est la vie. Bon, Robert, essaye quand même de trouver quelque chose.

Le détective se mit à rire.

— Mais je ne fais que ça, petit ! Ça je te jure, si je trouve un truc, tu es le premier prévenu.

CHAPITRE III

— Tu as du champagne au frigo ? fit Odile en croisant les jambes dans le canapé.

Max referma la porte de son appartement. Un très joli petit duplex, rue Marbeuf, avec vue sur les toits de Paris, côté tour Eiffel. Inaccessible avec un simple salaire de concierge de nuit.

— Bien sûr, fit-il. Rien n'est trop beau pour toi, ma belle.

Il alla jusqu'à la kitchenette. Bruit de bouchon qui saute. Pétillement de bulles dans des coupes. Tchin l'un vers l'autre, avec des regards amicaux.

Max lampa doucement son champagne.

— On voit le revendeur dimanche, pour les cailloux.

Odile tiqua :

— Ça fait loin.

Max agita la main :

— Il s'absente cette semaine. Désolé.

Elle se détourna :

— J'ai réfléchi. Ton étalon noir, je ne le connais pas. Par contre, j'ai un autre tuyau, par une copine. Un autre étalon. Il paraît que c'est le pied fabuleux avec lui. Tu as appelé le tien ?

— Pas encore.

Odile parut soulagée :

— Tant mieux. Ne cherche pas midi à quatorze heures, Max, mais je préfère choisir moi-même. Tu peux comprendre ?

Max se durcit.

— Toi, tu veux me doubler.

— Qu'est-ce que tu vas chercher ? Tu débloques ou quoi ? J'ai quand même le droit de choisir le Noir qui va me sauter !

— Ça, je dois admettre. Mais si tu as une idée derrière la tête, attention à toi... Il t'a déjà baisée ?

Elle reposa sa coupe.

— Oui. J'en sors.

— Tu lui as parlé ?

— Non. On a rancart dans une heure. Je voulais ton accord.

Il se mit à rigoler.

— Où il est, ton rancart ?

— A la terrasse du *Fouquet's*. Ça te va ?

Max la resservit.

— A une condition, fit-il, penché sur elle. On a une heure devant nous. Fais-moi une pipe.

Elle se redressa, très reine offensée.

— Tu payes combien ?

— Ton tarif habituel. Et puis tiens, je vais être généreux. Mettons mille balles.

Odile se laissa aller le dos dans le cuir de son canapé.

— Tu te fous de moi, richard ? Refile-moi le plus petit de tes cailloux. Juste le plus petit.

Il eut un sursaut.

— Tu débloques ou quoi ?

— Pas du tout. Pas de caillou, pas de pipe.

Elle s'était levée, et elle se déshabillait. Apparaissant très vite en guêpière spéciale comme l'autre nuit avec le Noir. Elle ouvrit la bouche en grand et sortit la langue.

— Tu en veux, ne dis pas non...

Ça, il en voulait, Max Bruneau ! Il transpirait déjà devant la bouche présentée sous ses yeux, langue sortie, bien rose avec les lèvres peintes. En même temps, Odile se caressait carrément les seins, les soulevant, les pétrissant à pleines paumes.

— Sale garce, grogna-t-il en ouvrant un tiroir.

Il vida le sac de plastique sur le plateau entre les coupes.

— Ho ! fit-il en attrapant la main déjà en place d'Odile. On a dit : le plus petit.

Elle rit :

— Excuse-moi, avec les diamants, même bruts, ce sont toujours les plus gros qui m'attirent.

Max triait les pièces comme des lentilles. Il finit par trouver ce qu'il cherchait. Un caillou dont on ne pouvait faire qu'un éclat pour cadran de montre.

Odile attrapa le caillou et elle s'agenouilla sur la moquette. Elle se mit à déboutonner.

— Ha, fit-elle, ça n'a pas la taille de King-Kong, mais pour un Blanc, c'est du sérieux. Tu m'avais caché ça.

Il gigota dans son fauteuil.

— Fallait me rencontrer plus tôt.

Elle eut quelques rapides aller et retour de langue autour de l'objet.

— C'est la vie, non ? fit-elle avant de plonger.

*
**

Max examinait le jeune Noir par-dessus son verre. Abdou, il s'appelait. Et c'était vrai qu'il présentait bien de sa personne. Larges épaules, taille fine, proportions parfaites. Il devait avoir au moins un quart de sang blanc. Sinon, impossible, malgré la peau d'un ébène absolu, d'avoir des traits si fins, surtout du côté des lèvres. Il avait un anneau d'or au lobe de l'oreille gauche et il portait, au-dessus de son jean, un ravissant blouson de daim bleu de chez Kenzo. Il n'avait sûrement pas plus de vingt-cinq ans.

— Pourquoi tu es là, toi ! fit Abdou en tirant sur la paille de son Seven-Up.

Il avait le blanc des yeux très blanc. Et des doigts fins. Tout à fait le genre qui plaît aux filles. Et qui le sait.

— Odile ne fait rien d'important sans me consulter.

Le Noir éclata de rire :

— Tu la maques ?

Max haussa les épaules.

— Ça, je voudrais bien. Mais non, je t'assure. C'est juste une copine. Je veux dire : elle me consulte toujours avant de prendre une décision importante.

Abdou se releva.

— Et pourquoi c'est une décision importante de me refiler cinq mille dollars cash et des cartes de crédit super Gold.

Max se fit aimable.

— Parce qu'Odile a besoin de toi. Tu as pigé, non ? Elle a fait les poches d'un Noir plein aux as. Elle lui a piqué ses cartes. Tu es noir. Toi seul peut l'aider à se servir des cartes. Et pour le prix, elle t'offre cinq mille dollars. C'est réglo, non ?

Abdou replongea sur sa paille. Il ressemblait de plus en plus à Yannick Noah.

— Complètement réglo sauf que, j'insiste, à quoi tu sers, toi ?

Max leva les bras au ciel.

— Mais je te l'ai dit. C'est Odile qui m'a demandé de venir. Pour te juger. Et je peux te dire tout de suite que ce jugement est bon.

Abdou termina de vider son Seven-Up.

— Merci, papa.

Max faillit s'étrangler. Depuis l'Algérie, et surtout l'OAS, il n'avait jamais eu une affection particulière pour les individus d'une couleur différente de la sienne.

— Ça va, ça va, grogna-t-il.

Il se tourna vers Odile.

— Tu peux y aller.

Il se réintéressa à Abdou.

— Je te parle juste en ami d'Odile. Alors, tu vas bien m'écouter. Tu touches le pognon et tu lui signes les reçus de carte Gold partout où elle ira pendant quelques jours. Parce qu'après, c'est trop risqué. Puis le jeu est *out*. Terminé. Et tu ne la doubles pas. Je surveille, pigé ?

Abdou s'inclina..

— Pigé, papa. Je serai sage.

Il glissa son épaule vers celle d'Odile :

— Sauf avec toi, ma poulette.

Odile se dégagea.

— Allez, ouste, on se tire. On va chez Van Cleef.

Max les contempla à travers la vitre, quand ils furent sortis, jusqu'à ce qu'ils disparaissent dans la foule. Odile marchait collée contre la hanche du Noir. Celui-ci était vraiment très beau. Trop beau. Tout ça ne plaisait pas du tout à Max. Pure question d'intuition, mais son intuition le trompait rarement. Abdou allait créer des problèmes, il voyait ça gros comme une maison. Et pour une raison simple : il était évident comme deux et deux font quatre qu'Odile en pinçait déjà pour l'étalon.

Max se mit à faire aller et venir l'ongle de son pouce sur ses lèvres, désormais complètement indifférent à ce qui l'environnait. Des chiffres recommençaient à trotter dans sa tête. Des chiffres pharamineux. A donner le tournis. « C'est la chance de notre vie », avait dit Odile. Oui, mais pourquoi pas : la chance de *sa* vie, à lui, Max ? Pour lui, depuis l'Algérie, tuer ne représentait pas un gros problème de conscience. Omar Keresso n'était qu'un nom de plus sur la liste. Celle-ci pouvait très bien s'allonger...

Et puis voilà que subitement Odile débarquait avec Abdou. Et il était impossible de le lui refuser sous peine de lui mettre la puce à l'oreille. Depuis une demi-heure, tout son plan s'était écroulé. Liquider Odile, c'était facile. Un assassinat de pute, ça se maquille sans mal en agression de client sadique. Y ajouter un type avec qui tout le monde dans le milieu des filles et des proxénètes, allait la voir, ça devenait très coton. Il fallait marcher sur des œufs. Et trouver le truc génial. Parce qu'il était bien décidé à le trouver.

Un tel pactole, ça ne se partage pas...

⁂

En face d'Odile et d'Abdou, le maître d'hôtel de chez *Maxim's* en personne flambait lui-même le homard. Abdou suivait la scène, fasciné. Jamais il n'avait dîné chez *Maxim's*. Jamais il n'avait vu flamber un homard et d'ailleurs, il ne connaissait ça que de nom jusqu'ici. Petit étudiant pauvre débarqué à la Cité Universitaire un an plus tôt depuis Abidjan avec une bourse de trois ans, il avait passé six mois dans la dèche jusqu'à ce qu'un jour, boulevard Jourdan, à la sortie de la Cité Universitaire, il se fasse renverser par une Mercedes sur les clous. Rien de grave, tout juste un roulé-boulé, mais la passagère surgie, épouvantée, de la voiture avait eu l'air de trouver très beau le jeune Noir en blouson râpé qui la fixait, assis sur le macadam gras de pluie. Comme Abdou avait quand même une main éraflée, le couple de la Mercedes l'avait conduit jusqu'à une pharmacie. Et puis Abdou avait terminé la soirée chez eux. Dans les bras de la passagère sous l'œil complice du mari. C'étaient des gens qui avaient beaucoup de relations. Abdou avait si vite fait merveille partout, qu'en un mois il abandonnait ses études pour vivre de ses charmes.

Odile lui prit la main par-dessous la nappe et elle se pencha vers lui.

— Ne fais pas cette tête-là, souffla-t-elle. On dirait un lardon qui découvre l'existence des croissants.

Il sourit.

— Mais c'est exactement ça. Tu ne peux pas comprendre.

— Oh si...

Son parcours à elle n'était pas tout à fait semblable à celui d'Abdou, mais du même genre : la fille trop jolie, en classe, pour ne pas être très vite courtisée. L'histoire classique : les surprises-parties à quinze ans. La drague de la part d'adultes. Un amant généreux. Un autre... Et à dix-sept ans, call-girl.

La main d'Abdou attirait maintenant celle d'Odile vers son ventre. La plaquant sur le renflement énorme. Elle frissonna. Abdou, ça avait été tout de suite le choc fantastique. Inépuisable comme Omar, mais jeune et beau. Tellement fin et doux en plus...

Le maître d'hôtel remplissait leurs assiettes, déférent. Le sommelier lui succéda, sortant de son seau la bouteille de Dom Pérignon.

Odile agita sa main dans celle d'Abdou.

— Je ne peux pas manger d'une seule main... Je te promets, après.

Il la laissa faire, mais sa main alla caresser son ventre à elle très rapidement et, aussitôt, elle eut l'impression de s'embraser à l'intérieur. C'était ahurissant ce qui lui arrivait. A vingt-cinq ans, elle était incapable de faire le compte des hommes qui lui étaient passés dans les bras. Et tous n'avaient pas été que le boulot. Elle en avait pincé pour plusieurs mais comme ça, pour une semaine ou deux. Rien de comparable avec ce qui lui arrivait avec Abdou. Elle le connaissait à peine et déjà elle avait l'impression de ne plus pouvoir se passer de lui. Du coup, tous ses rêves de fuite avec sa part de la fortune d'Omar changeaient. Il était de plus en plus évident qu'Abdou en ferait partie. Impossible de voir l'avenir autrement. Elle se savait folle, mais incapable de lutter contre sa folie.

Elle se revoyait cet après-midi, tout au long de

cette frénésie d'achats, chez Van Cleef et Arpels, puis chez Hermès et Saint-Laurent. Puis chez Lanvin, pour Abdou, au coin de la rue du Faubourg-Saint-Honoré et de la rue Boissy-d'Anglas. Tout lui allait tout de suite! La taille mannequin. Pas besoin de la moindre retouche. Il avait pris douze chemises et douze cravates, plus six paires de mocassins, chaussettes, caleçons et un manteau de cachemire dans la foulée.

Assise avec une cigarette à bout doré, elle regardait de temps en temps son bracelet de chez Van Cleef et Arpels, et ses escarpins en croco de chez Hermès. Elle était heureuse. Elle achetait trois fois plus pour lui que pour elle, même si c'était lui qui signait les cartes. Sans jamais aucun problème.

Il avait ri comme un enfant quand elle avait décidé qu'il repartirait en costume gris bleuté et chemise blanche avec cravate à dessins mauves et roses. Elle avait glissé une pochette de soie assortie au passage dans son veston. Puis, tandis qu'un livreur allait porter les paquets dans la BMW rangée en double file, ils s'étaient dirigés vers la caisse. Et le miracle des cartes barrées s'était reproduit.

Ils en étaient maintenant au dessert. Encore quelque chose de flambé, puisque les flammes donnaient à Abdou un tel regard merveilleux d'enfant — des crêpes au Grand-Marnier. Ils entamaient leur deuxième bouteille de Dom Pérignon et la salle de chez *Maxim's* commençait à danser devant eux. Un violon tzigane criait de l'autre côté de la table sa complainte acide. Odile nageait dans le bonheur. Qu'est-ce que la vie était devenue facile!

La main d'Abdou vint réattraper la sienne sous la table.

— Déboutonne-moi, murmura-t-il.

Odile rougit. Plus du tout prostituée prête à tout.

— Tu es dingue ! protesta-t-elle. On est chez *Maxim's*.

Il rit.

— Et alors ? J'ai envie de toi tout de suite. Alors, tu me déboutonnes, tu me sors, tu mets ta serviette autour. Et tu me branles. Pendant ce temps, moi, je te branle. Soulève-toi sur les fesses. Relève ta jupe... Voilà... Maintenant, rabaisse ta culotte... Plus vite que ça.

Elle obéissait, incapable de rien refuser. Quand une pute tombe amoureuse, c'est le volcan. Elle le déboutonna, comme il le voulait, puis elle le sortit. Essayant de ne pas défaillir trop visiblement : Abdou la fouillait de son côté, cherchant le clitoris.

— Ça y est, fit-il, toujours à voix basse. En même temps.

Il exhiba sa parfaite rangée de dents pour pub de dentifrice à la TV.

— En même temps, reprit-il. Je le veux.

Ils s'interrompirent un instant : le garçon desservait leur dessert.

— Madame et Monsieur désirent-ils un café ?

Oui, ils désiraient. Juste pour que le garçon reparte. A leur gauche, des armateurs grecs se tapaient sur les cuisses en racontant des histoires sûrement très salaces qui cassaient en deux de rire leurs rombières alourdies de bijoux. A leur droite, un écrivain américain ultra-connu baratinait quatre mannequins de mode à la fois. Mais tout se noyait dans un brouillard. Odile se sentait seule au monde comme une petite fille avec l'homme de sa vie. La main d'Abdou la brûlait. Elle atteignait le fond de sa gaine. Tout le problème était de garder l'air normal. Elle se plia en deux. Impossible de continuer à regarder l'assistance. Dans sa main à elle, le membre d'Abdou n'arrêtait pas de gonfler. Elle le caressait avec toute la science dont elle était capable.

Il y avait des moments où elle était au bord de hurler : Abdou avait attrapé son clitoris entre le pouce et l'index. Et il tordait. Beaucoup plus que savamment.

Ils déliraient ! Le maître d'hôtel allait surgir en leur criant qu'on ne se tient pas comme ça. Que *Maxim's* est une maison convenable ! Mais non, personne ne paraissait faire attention à eux.

— On y va ? fit Abdou d'une voix de gorge.

Elle fit signe que oui et se cacha le visage dans sa main restée libre.

Dans l'autre main, le sexe d'Abdou se mit à vibrer comme un trépan de derrick. Et elle se dit, dans un éclair, que son clitoris à elle devait exactement ressembler à ça, en plus petit, sous la pression du pouce et de l'index d'Abdou.

Ils se mordirent ensemble la langue à la faire saigner. Et ils ne furent plus que deux corps tressautant sous la nappe. Avec, au-dessus, un air digne dont il était ahurissant qu'on ne remarque pas l'affaissement des joues, ni le voile envahissant les yeux.

Jamais Odile n'avait éprouvé un tel spasme. A glisser de sa banquette sous la table. Elle resta longtemps à essayer de se dominer, chavirée contre son dossier. Son entrejambe n'était plus qu'un feu inondé jusqu'au tiers des cuisses. Dans sa main à elle, le sperme d'Abdou débordait comme une fontaine.

Il lui sourit très doucement :

— Essuie. C'était bon ?

Elle obéit avec l'impression de n'avoir plus d'échine, tellement elle était molle.

La voix du maître d'hôtel la fit sursauter :

— Vous n'avez pas bu votre café ! Il n'était pas bon ?

Elle eut le sentiment qu'il avait tout deviné.

— Mais si. Je vous assure...

Elle partit d'un rire forcé.

— Du cognac, cria-t-elle presque. Votre plus vieille bouteille.

Elle se tourna vers Abdou :

— Tu verras, c'est succulent.

Elle avait failli ajouter : « Abdou. »

Pas du tout le prénom inscrit sur les cartes de crédit...

Puis elle le reboutonna. Et il l'aida à se rasseoir dans sa jupe après avoir remonté son slip. Elle le dévorait des yeux de biais. Cette fois, ça y était. Jamais un homme ne lui avait provoqué ça : une caresse réciproque en public. Et avec tendresse. Elle se laissa aller contre son épaule tandis que le sommelier leur servait les cognacs.

— Je t'aime, balbutia-t-elle.

Le bras d'Abdou lui enserra la taille à la briser.

— Tu n'es pas mal non plus, tu sais !

Ils levèrent leurs verres ensemble et les choquèrent. Puis ils burent. Odile avait l'impression que le feu qui lui incendiait la gorge n'était rien à côté du philtre noyant ses yeux dans les yeux d'Abdou.

— Fais de moi ce que tu veux, balbutia-t-elle.

Il lui entoura l'épaule et elle se mit à haleter longtemps contre sa poitrine là où elle trouvait pour la première fois de sa vie qu'un Noir, ça sent très bon.

***

Une nouvelle fois, la carte de crédit choisie au hasard dans le lot fit un effet magique. Courbette du maître d'hôtel. Signature rapide de la part d'Abdou. Distribution de pourboires et sortie. Dehors, le portier avait déjà cherché la BMW. Nouveau pourboire. La vie de rêve.

Abdou conduisait. Odile se collait à lui.

— Tu ne vas pas au turf, ce soir ?

Elle haussa les épaules.

— Je veux rester avec toi.

— Dis donc, fit-il en imitant à la perfection l'accent noir, ton Nègre aux cartes super Gold, tu ne lui as pas piqué plus que ses cartes par hasard ?

Odile releva vers lui son visage défait :

— Je te jure que non. Mais je te veux toi, toi tout seul, au moins vingt-quatre heures...

Abdou s'engagea sur les Champs-Elysées, illuminés de guirlandes de Noël.

— Il faut que je bosse, moi...

Elle releva le visage.

— Allons chez moi. Combien tu perds en vingt-quatre heures ?

Abdou se gratta la nuque :

— Cinq mille facile.

Odile pouffa :

— Je n'ai jamais payé un mec. OK. Cinq mille.

La BMW repartit, silencieuse avec ses six cylindres calfeutrés. Odile avait replongé son visage dans le pantalon où le sexe de l'étalon de vingt-cinq ans venu de la Cité Universitaire, remontait déjà sous le tissu. Elle se mit à mordiller la tirette de la fermeture éclair.

Au-dessus d'elle, Abdou avait changé de visage. Il ne conduisait plus qu'au jugé. Perdu dans ses pensées. Qu'est-ce que ça signifiait, cette pute subitement assez riche pour se priver de boulot ? Ça commençait à lui donner des idées. Pas très loin de celles de Max.

Parce que, pour être franc avec lui-même, ça l'énervait assez, une fille aussi excitée qu'Odile. Une situation à explorer. Et à résoudre le plus rapidement possible. Au mieux de ses intérêts personnels.

Depuis l'accident du boulevard Jourdan, c'était fou ce qu'Abdou apprenait vite la vie.

CHAPITRE IV

Boris Corentin froissa nerveusement la feuille de papier sur laquelle il dessinait n'importe quoi depuis une demi-heure. L'enquête était au point mort. Aucun indice, pas le moindre petit signe. Et il avait dû téléphoner à sa mère, à Audierne, pour se décommander pour la soirée de Noël. Quant à Ghislaine, sa complice de toujours, elle était partie pour les fêtes de fin d'année en Thaïlande. A l'heure qu'il était, elle devait se prélasser au soleil sur le sable blanc d'une plage de rêve quelque part au sud de Bangkok. Avec un amant local à qui elle devait faire les yeux doux.

La porte s'ouvrit sur Aimé Brichot.

— Alors ? fit Boris avec lassitude. Dis-moi que tu as résolu le mystère Keresso.

Aimé Brichot déposa son loden sur la patère.

— Désolé de te décevoir, mon vieux. Mais le résultat des enquêtes périphériques, ça se résume à que dalle. Le Keresso a disparu dans une trappe. Et on ne sait pas où est l'entrée de la trappe.

Boris alluma une Gallia.

— Et m... ! Dire qu'on est là, au bureau, sans pouvoir rien faire...

La sonnerie de son téléphone grésilla. Il tendit la main.

— Tu veux que je te dise, Mémé ? C'est un coup pourri de plus qui s'annonce. Je le flaire comme le nez au milieu de la figure.

Il décrocha.

— Allô ? fit-il d'une voix morne.

Il se bloqua aussitôt.

— Ah, Robert... Qu'est-ce qui t'amène ? Tu as le Gabonais dans ton bureau avec une caisse de champagne de Noël dans les bras !

La voix du vieux flic de la Mondaine reconverti dans la surveillance des palaces après la retraite partit d'un rire joyeux dans l'écouteur.

— Pas exactement, Boris. Mais je vois apparaître le petit bout d'un bouchon de champagne. Le mieux, c'est que tu viennes tout de suite. J'ai quelqu'un à te faire entendre. Ça t'intéressera.

Boris raccrocha et se tourna vers Aimé Brichot.

— Tu crois au miracle de Noël, toi ?

Aimé Brichot se gratta la moustache.

— Dis toujours.

Boris se leva et alla passer son manteau sur ses épaules.

— Rien à te dire. Robert a toujours été un mystérieux. On y va. Inch Allah.

***

Le détective les attendait à sa place habituelle. Le coin du hall d'où on pouvait tout surveiller. Il n'était pas seul. Assis à côté de lui, un jeunot mat de peau et brun de cheveux. Il était six heures du soir et déjà, des filles étaient en pleine drague.

— Ivan. Le barman du pub, fit Robert Mallet. Il a des choses très intéressantes à vous raconter. (Il se pencha.) Vas-y, Ivan. Répète-leur ce que tu m'as dit.

Le barman attendit que son collègue ait fini de les servir.

— Ce soir-là, commença-t-il, j'étais en train de quitter mon service, peu après neuf heures. D'habitude je passe par-derrière, comme tout le personnel, mais là, je suis sorti par le grand hall : ma voiture était rangée de ce côté-là et ça m'évitait de faire le tour du pâté de maisons.

« Je connais bien monsieur Keresso. A chacun de ses passages à l'hôtel, il ne manque jamais, avant le dîner, de me faire préparer des cocktails. Quand je l'ai vu, il était au comptoir du concierge. J'ai failli aller lui dire bonsoir et lui souhaiter la bienvenue, puisqu'il venait d'arriver de voyage, vu que je ne l'avais pas vu la veille. Mais j'ai bien compris que ce n'était pas le moment : il était en grande conversation avec Max. Vous voyez ce que je veux dire ?

Boris sourit.

— Parfaitement.

Depuis quelques secondes, il était soulagé, comme Aimé Brichot, d'un poids immense. Ainsi, le miracle de Noël se produisait ! Max avait menti !

— Je me rappelle, reprit le barman, que je me suis dit : « Sacré Omar, va ! Toujours le même. » Puis je suis sorti. En arrivant à ma voiture, je me suis aperçu que j'avais oublié mes clés dans mon placard. Je suis retourné à l'hôtel. Cette fois, monsieur Keresso était assis dans le hall. Tenez là-bas, à cette table. Max était penché vers lui et lui parlait à voix basse. Monsieur Keresso approuvait de la tête et il avait l'air très satisfait. D'ailleurs il a sorti des dollars de sa poche et les a glissés dans la main de Max. C'est tout. Quand je suis repassé, Max avait regagné son comptoir et Monsieur Keresso était parti.

Boris se tourna vers Robert Mallet :

— Ça, pour être intéressant, c'est intéressant.

Il fit signe au barman de se rapprocher.

— Pas un mot à quiconque. Je vous le recommande fermement.

Ivan se redressa, comme piqué par une mouche.

— Monsieur l'Inspecteur...

Boris agita la main :

— Excusez-moi, mais j'insiste. Ce serait trop grave.

Le barman prit l'air ahuri.

— C'est si important que ça, ce que je vous raconte ?

— Oui. On vous cxpliquera plus tard.

Les yeux du barman se firent aigus.

— Monsieur Keresso n'est pas encore venu me voir depuis l'autre soir... Qu'est-ce qui lui est arrivé ?

Boris marqua un temps d'arrêt.

— Monsieur Mallet se porte garant de vous. Alors, voilà : Monsieur Keresso a disparu. Vous comprenez maintenant pourquoi il y va de votre place si vous parlez ?

Aimé Brichot reposa son jus de tomate.

— Evidemment, vous n'avez pas vu arriver la fille...

Le barman poussa un soupir :

— Non, bien sûr, je ne suis pas de service le soir.

Brichot se tourna vers Boris.

— On ne peut pas tout avoir en même temps, hein ?

Une fois Ivan reparti, Robert Mallet tapota affectueusement le genou de Boris.

— Alors, jeunot, qu'est-ce que tu en penses ? Il ne se rouille pas, le vieux Bébert.

Boris approuva chaleureusement.

— Chapeau. On commençait vraiment à croire à la scoumoune. Si tu savais l'excitation en haut lieu... Baba (1) reçoit vingt coups de fil par jour. Et pas des tendres. Il est dans un état de nerfs... Bon, maintenant, il faut qu'on mette la main le plus vite possible sur cette petite ordure de Max Bruneau. M'est avis qu'on a des choses encore plus intéressantes à lui faire cracher. Tu as son adresse, bien sûr ?... J'appelle Baba, et on y va.

***

A une dizaine de mètres d'eux, il y avait longtemps qu'une longue jeune femme blonde en vison beige rosé avait cessé de chasser le client du regard à travers le hall.

Odile.

Il ne lui avait pas fallu beaucoup de finesse pour piger quel genre d'homme était ce superbe sosie d'Alain Delon et son compagnon irrésistible d'élégance anglo-maniaque avec sa cravate verte, son col à rayures roses et bleues, en grande conversation avec le détective du palace. Et elle avait eu un drôle de choc en voyant arriver Ivan, le barman.

(1) Surnom de Charlie Badolini chez ses inspecteurs.

De la place où elle se trouvait, elle était trop loin pour entendre la conversation, mais ça n'avait aucune importance. Evident que le barman avait dû voir Omar et Max ensemble. Tout était fichu.

Elle sursauta, s'arrachant à un véritable cyclone intérieur. Un Arabe se penchait vers elle. Le client type auquel elle aurait adressé son plus cochon des sourires en d'autres circonstances : petit et adipeux sans doute, mais visiblement plein aux as. L'émir dans toute sa splendeur cousue d'or.

— *Are you alone ?* Etes-vous seule ! faisait-il sous sa moustache en brosse.

Odile le fixa.

— Fous-moi la paix ! répondit-elle entre ses dents.

L'Arabe se recula, comme s'il avait reçu une gifle. Puis il grogna un chapelet d'injures dans sa langue avant de s'en aller. Odile sortit nerveusement une cigarette de son sac. Sa main tremblait. Les deux flics et le détective étaient partis téléphoner dans une cabine creusée dans un des piliers du hall. Inutile, là encore, de se demander où le téléphone se décrochait, de l'autre côté du fil.

Elle écrasa rageusement sa cigarette après deux bouffées. Il fallait faire vite. Très vite. Elle fonça vers une autre cabine et composa fébrilement le numéro de Max. Pourvu qu'il soit chez lui.

A la cinquième sonnerie, ça ne répondait toujours pas. Elle se donna jusqu'à dix. Elle était trempée de sueur.

Max décrocha à la neuvième sonnerie.

— Ah, fit-elle, je n'en pouvais plus.

La voix de Max marqua un temps d'arrêt. Il avait

tout de suite reconnu sa voix. Et compris que c'était grave.

— J'étais sur le palier quand ça a sonné, fit-il d'une voix hachée. Explique.

Odile se mangea les lèvres.

— On a les flics au cul. Prends tout et descends m'attendre rue François-Ier devant Europe 1. Grouille !

Elle raccrocha et elle essaya de ne pas courir en se dirigeant vers la porte à tambour. Elle le savait, Mallet, le détective de l'hôtel n'avait pas les yeux dans sa poche. Et il n'avait pas accompagné les deux flics.

Elle récupéra Max dix minutes plus tard. Il guettait la BMW, au bord du trottoir. En manteau, et une valise à la main. Il était très blanc quand il s'assit à côté d'elle. Elle déboîta si vivement en redémarrant qu'elle faillit emplafonner un bus.

— Je t'écoute, fit-il en fermant les yeux.

Odile accéléra vers l'avenue George-V.

— Mallet a interrogé Ivan. Il a fait venir les flics. Ils ont interrogé Ivan eux aussi. Je les ai vus ensemble. J'étais à dix mètres dans le hall. Tu as pigé ? Ivan t'a vu l'autre soir avec Omar. Et voilà... La tuile.

Max pressa un bouton à côté du levier de changement de vitesse et l'air de décembre s'engouffra par la vitre de sa portière. Il haletait.

— On va au Bois. On se range et on gamberge.

Derrière le Racing-Club, la BMW s'engagea dans une allée étroite, jusqu'à venir stopper contre une barrière forestière. Odile coupa le contact et éteignit les lumières. La parfaite voiture d'amazone en plein travail...

Le briquet Dunhill claqua et Odile avala un nuage de fumée.

— Je ne vois qu'un seul truc à faire, dit-elle.

Max la fixa de biais :

— Dis toujours.

— Si tu reviens à l'hôtel, qu'est-ce qui va se passer ? Tu seras bien obligé de leur avouer que tu leur as menti. Et après, tu vas leur raconter quoi ? Par exemple, que le Noir a eu une crise cardiaque et que la fille t'a appelé, affolée. Que tu as pris peur, etc. Mais c'est reconnaître aussi que tu as fait disparaître le corps. OK. Donc tu leur dis où. Ça va au moins chercher dans les cinq ans. Et tu ne t'en seras pas trop mal tiré.

Max n'arrêtait pas de se lisser le crâne.

— Evidemment, c'est une solution. En sortant de taule, je récupère le pognon.

Il se redressa brusquement.

— Le seul truc qui cloche, tu vois, dans ta solution, c'est toi.

Odile se tourna, durcie :

— Qu'est-ce que tu veux dire ?

Max esquissa un petit sourire.

— Ils vont me demander le nom de la fille. Tu en vois un autre à leur donner que le tien ? Tu es dans le bain toi aussi.

Odile frémit.

— Tu as raison, je suis une conne.

Max lui attrapa le poignet.

— Hé, on ne voudrait pas aider son pote, des fois ? On avait dit part à deux. Ça vaut aussi pour les emmerdes.

Il l'observait par en dessous :

— Je te vois venir, toi. Tu veux me doubler.

Odile secoua la tête :

— Tu débloques. Comment veux-tu que je te double si je vais en taule moi aussi ?

— Facile. Tu monnayes les chiffres du compte numéro contre un « blanc ». Et je vais tout seul en taule.

Odile jeta sa cigarette dehors.

— Le vrai malade, je ne te dis pas. Mets en route la deuxième moitié de ton cerveau. Si j'avais voulu te doubler, est-ce que je t'aurais téléphoné pour te prévenir ? Je t'aurais laissé arrêter. Bon, tu m'aurais dénoncée. Mais j'aurais eu un alibi... Abdou, par exemple. Ça lui aurait vite enlevé ses scrupules d'apprendre sur quel vrai coup on était. Seulement, je suis réglo. Tu vas finir par t'en rendre compte ?

Elle hocha plusieurs fois la tête.

— Gonflé quand même, le mec. Je cherche à le sortir du pétrin et il croit que je le double !

Les petits yeux de Max ne cessaient pas de la fixer.

— Tu l'as peut-être déjà fait.

Odile se cabra.

— Je voudrais bien savoir comment ?

— Tu as peut-être tout raconté aux flics. Contre promesse d'un « blanc » sur toi, toujours. Et tu vas t'en aller tranquillement toucher le pognon en Suisse. Du moins, c'est ce que tu crois. Parce que moi, je leur aurai balancé le numéro. Perdu pour perdu.

— Dis-moi alors pourquoi je serais ici avec toi ?

— Pour me tuer. Et ramasser ce que j'ai sur moi. Tu m'as dit : « Prends tout. »

Odile éclata d'un rire nerveux.

— Te tuer ?... Ça ne va pas la tête ? Tu t'imagines que je ne sais pas que tu as pris aussi ton flingue ?

— Tu en as un aussi. Toujours, je le sais. Un Bernadelli (1). Tu es une amazone prudente.

Odile s'appuya au volant.

— Purée, qu'est-ce qui m'a fourgué un connard pareil ! Arrête de délirer. Si tu me liquides, Abdou saura que c'est toi. Et il te donnera. Tu auras beau filer en Nouvelle-Zélande, Interpol, ça existe.

Max releva les sourcils :

— OK. Tu as toujours raison.

Odile se pencha vers lui.

— Allez, Max, fit-elle en lui passant la main sur la nuque, tu ne ferais pas ça à une vieille copine comme moi ? On a tellement besoin de s'entraider à partir de maintenant. J'ai une autre idée. Je te planque chez moi, le temps de nous faire faire des passeports bidons chez Hirman. Puis on file ensemble.

— Pas bête, reconnut Max, seulement, il y a un hic.

Odile sentit un picotement atroce lui remonter le long de la colonne vertébrale : Max avait glissé sa main droite dans la poche de son manteau et maintenant, la poche remontait, le tissu tendu par une pointe ronde droit vers elle.

— Le hic, reprenait Max d'une voix glacée, c'est que je me tire tout seul. Et avec tout. Y compris ta bagnole. Sors, je ne veux pas salir tes beaux coussins.

Odile avait des mouches dans les yeux.

(1) Pistolet de dame de calibre 6,35. Il ne pèse que trois cents grammes et a un chargeur de six cartouches.

— Max, balbutia-t-elle. Ne fais pas ça ! Je te file toute ma part. Je ne te dénonce pas, je te le jure !

Il se mit à rigoler.

— Elle me ferait pleurer. Allez ouste, dehors. Et ne cherche pas à courir. J'ai été champion militaire du quatre cents mètres.

Odile se redressa lentement. Et voilà, ça y était... La fin... Un sursaut d'orgueil la saisit. Elle allait mourir. Mais dignement.

Elle réussit à ne pas flageoler en s'extrayant de la voiture. Puis elle alla s'appuyer à un chêne. Son sac, toujours pendu à son épaule, ballottait. Au loin, la circulation ronflait. Il faisait très froid et elle se retint de trembler. Pour que Max ne se méprenne pas. Puis elle se tourna, le front contre l'écorce.

— Dans la nuque, fit-elle. Et ne me rate pas.

Elle entoura l'arbre à deux bras et elle ferma les yeux.

Le clic sec et métallique du percuteur du Wildey (1) de Max déchira l'air et Odile vira sur elle-même, bouche grande ouverte. L'arme n'était pas chargée. Cette ordure de Max avait oublié de la charger. Il était maintenant en face d'elle comme tout nu avec son pistolet ridicule à bout de bras.

Les mains d'Odile arrachèrent le bouton-pression de son sac et un petit pistolet chromé apparut.

— Il est chargé, le mien ! siffla-t-elle.

Max se rua en avant. La petite balle du Bernadelli le fit se plier en deux quand elle pénétra dans son bas-ventre, lui faisant exploser la vessie. La détonation avait été très faible. Il atterrit à quatre

(1) Pistolet de calibre 45 Magnum.

pattes contre l'arbre en hurlant et il attrapa Odile par les jambes. Puis il se hissa, la bave déjà aux lèvres.

— Salope, salope ! Je t'aurai !

La deuxième balle pénétra sous l'œil gauche, faisant sortir l'œil de l'orbite. Il partit à la renverse et se mit à se tordre, les deux mains plaquées sur le visage. Odile tira encore une nouvelle fois. Dans la nuque. Alors, Max ne bougea plus du tout.

Elle resta longtemps à aller et venir, titubante, cherchant l'air comme après dix étages avalés d'une seule traite. Puis elle alla chercher sa lampe torche dans la boîte d'outils de la voiture. Elle eut de la chance. En un quart d'heure, elle avait récupéré les trois douilles. Après, elle vida les poches de Max et sa valise de tout ce qui pouvait l'intéresser y compris le carnet d'adresses, où elle figurait. Gantée, bien sûr.

Elle n'oublia pas d'essuyer tout ce que Max avait pu toucher dans la voiture. Poignée de portière, tableau de bord, bouton de commande de la vitre, etc. Elle vérifia qu'elle n'avait rien oublié et elle laissa la valise à côté du corps. Puis elle remonta au volant et repartit en marche arrière. A vingt heures, elle était chez elle.

Elle ne s'effondra qu'une fois la porte refermée dans son dos et s'abattit sur sa moquette, en pleine crise de nerfs.

CHAPITRE V

Dehors, il faisait tellement sombre sur Paris, une véritable purée de pois grise et jaune, qu'il avait fallu tout allumer dans le bureau de Charlie Badolini.

Tout le staff était là au complet. Le patron, Dumont son adjoint direct, plus Boris et Aimé. L'atmosphère était à la purée de pois à l'intérieur aussi. Une demi-heure plus tôt, le dirlo avait carrément mis en jeu la carrière de Charlie Badolini et de ses « branques » de collaborateurs si dans les trois jours, ils restaient aussi secs. Quant au patron de la Brigade Criminelle, il écumait d'avoir été dessaisi de l'affaire au profit de la Mondaine qui lui aurait volontiers refilé l'affaire...

A neuf heures du matin, un jogger avait buté sur le corps de Max Bruneau au bois de Boulogne. Et maintenant, Boris tournait et retournait le seul papier intéressant trouvé sur lui, plié dans sa carte d'identité. Une liste titrée : « décembre ». Et où il y avait une quinzaine d'initiales, visiblement des prénoms de filles avec la date à chaque fois et un chiffre, une fois sur trois en dollars. Le montant de son pourcentage réglé par la fille. A la date de la disparition d'Omar Keresso, l'initiale était O., et le chiffre : cent dollars. Plus deux autres initiales : O. et K. Pour Omar Keresso, évidemment.

Autrement dit, ce soir-là, le concierge-proxénète avait fourni au Gabonais une prostituée dont le prénom commençait par O. Et il fallait la retrouver. Coûte que coûte. Mais comment ? Le carnet d'adresses de Max Bruneau avait, bien entendu, disparu. Comme par hasard...

Boris se concentra :

— Combien de prénoms féminins commençant par O ? Odette... Odile... Olga... Ondine...

Aimé Brichot se gratta la moustache.

— Attends, j'ai mon agenda.

Il se plongea dedans.

— Ah, il y a aussi Olympe, Octavie et Olive. C'est tout.

Dumont déboutonna le col de sa chemise.

— On élimine Octavie et Olive. On ne tapine pas avec un prénom pareil. Restent Odette, Olga, Ondine, Odile et Olympe.

Charlie Badolini toussota.

— Il faut que je vous rappelle combien il y a de putes recensées sur Paris ? Plus de trois mille. Sans compter au moins autant d'occasionnelles. Des Odette, des Odile, des Ondine, des Olga et des Olympe, il y en a à la pelle. Ça fait chic comme prénom. Vous êtes bien partis.

Le téléphone grésilla sur le bureau et Badolini décrocha avec lassitude. Subitement ses yeux se mirent à rouler à lui sortir de la tête.

— Messieurs, fit-il en raccrochant. On a repêché le corps d'un Noir dans la Seine entre Bonnières et Vernon. Nu. Le truc classique ; crue, remous, pales d'hélices de péniche. Le cadavre était pourtant lesté, très lourd. Des haltères de cinquante kilos. La taille et la corpulence correspondent. (Il s'arrêta.) Seulement, il y a un problème : le visage a été vitriolé. Les doigts et la paume des mains aussi.

Boris se leva :

— J'appelle tout de suite l'Identité Judiciaire. Et il va falloir qu'ils se grouillent.

*
**

Abdou allait et venait dans le ventre d'Odile.

— Doucement, murmurait-il à son oreille. Voilà, détends-toi. Laisse-toi faire.

Elle haletait, pointes de seins et clitoris dardés. Une fabuleuse électricité la faisait vibrer tout entière. Même ses lèvres frémissaient sous le contact des lèvres d'Abdou. Jamais elle n'avait connu une telle tempête de sensations. Jamais elle n'avait été labourée par un amant aussi savant et attentif. Elle aurait juré qu'Abdou devinait à la seconde le lieu exact où elle désirait le plus être caressée et embrassée. Les seins, les reins ou le creux de l'oreille, le lobe à mordiller pour repasser ensuite aux lèvres. Comment pouvait-il être aussi expert à son âge ?

Abdou était si lent en elle, qu'il retenait chaque fois son explosion. Et chaque fois l'électricité montait. Quand il la laissa hurler enfin, elle eut le spasme le plus long et le plus fabuleux de sa vie. Ça n'en finissait pas. Au moment où elle se croyait calmée, ça repartait. Elle eut comme ça cinq spasmes successifs et c'était fabuleux de sentir la chaude semence d'Abdou l'inonder, inépuisable.

Enfin, elle s'abattit, les yeux révulsés, baignant dans une houle de bonheur. Abdou la laissa reprendre son souffle. Jouant avec ses mèches, lui lissant le front.

— Tu es mieux, hein ? fit-il. Tu refais surface ?... Tu vois, tu as eu raison de me faire venir. Et de tout me dire. Tu allais faire une bêtise. Je suis là, oublie ce qui s'est passé. Je suis avec toi.

Odile se lova dans le creux de son épaule.

— Merci, balbutia-t-elle. Sans toi je ne sais pas ce que j'aurais fait.

Elle lui mangea soudain le cou.

— Ne me quitte pas ! Reste avec moi, fais de moi ce que tu veux.

Les lèvres du jeune Noir, ses lèvres incroyablement fines et charnues à la fois s'ouvrirent dans un sourire d'ange. Elle dévorait des yeux cette statue d'ébène abandonnée dans le lit. Une artère battait lentement son cou. Au-dessous, il y avait le torse en amphore, puis les abdominaux et sous le noir triangle bouclé du pubis, le merveilleux sexe au repos, couché de côté contre une cuisse musculeuse. Tout à coup, une image sautait à la mémoire d'Odile. Carl Lewis, le dieu du stade, le Noir américain qui avait remporté tant les médailles de course aux Jeux Olympiques de Los Angeles. C'était exactement ça. Avec Abdou, elle avait dans ses bras le sosie de Carl Lewis !

— Abdou, reprit-elle d'une voix de gorge, je ne veux plus que tu gagnes ta vie comme ça.

Elle se détourna et, à voix basse :

— Je veux travailler pour toi. Te rapporter ce que j'ai gagné. Te le donner.

Elle s'exaltait :

— Tu seras mon julot. Je suis une bonne gagneuse, tu sais ? Et il faudra que tu sois très exigeant avec moi. Une fille, ça a besoin d'être menée à la dure. Tu me fixeras la limite au-dessous de laquelle ne pas descendre, chaque jour. Et je repartirai au boulot jusqu'à l'avoir atteinte.

Elle s'ouvrait de nouveau, elle se tordait.

— Tu me puniras si je n'y arrive pas. Tu me battras...

Elle savait absolument qu'elle délirait, mais c'était plus fort qu'elle.

— Je veux être ton esclave, balbutia-t-elle la bouche collée à sa poitrine et descendant.

Abdou l'arrêta au moment où ses lèvres allaient atteindre son sexe.

— Tu as déjà été maquée ?

Elle ne répondait pas.

— Ah, c'est oui... Raconte.

Elle raconta, sans cesser de s'excuser. C'était entre dix-sept et vingt ans. Trois julots. Elle avait été revendue. Mais ils ne la tenaient qu'à la terreur. Quand le dernier avait reçu un coup de couteau mortel dans une bagarre de bistrot, elle était devenue libre. Et elle l'était restée. Depuis cinq ans. Et se jurant de ne jamais replonger.

Abdou lui passait le doigt sur les sourcils.

— Pourquoi tu veux recommencer ?

Elle se hissa jusqu'à sa bouche.

— Parce que tu es arrivé. Tu ne peux pas comprendre. Tu n'es pas une fille. La liberté, c'est atroce. C'est fait pour les hommes. Nous, on veut un maître. Mais pas n'importe lequel.

La main d'Abdou glissait le long de son échine et

Odile eut des ondulations brutales de chatte quand la main atteignit ses fesses.

— C'est quoi, pas n'importe lequel ? insista-t-il.

Elle baissa la tête, noyant son visage dans le flot blond de ses cheveux pour qu'il cesse de lire au fond de ses yeux.

— L'homme dont j'ai besoin, reprit-elle à voix basse, c'est l'homme pour qui je pourrais faire exprès d'être une mauvaise gagneuse pour qu'il me batte.

Elle agita la tête.

— Tu comprends ? Je ne veux pas être une mauvaise gagneuse. Simplement, jouer à l'être, de temps en temps, pour que tu me punisses. Après, ce sera tellement bon de te demander pardon. Et le lendemain, de te rapporter le double.

Elle releva son visage noyé.

— Est-ce que tu comprends que je suis folle de toi ! Folle, folle !

Abdou l'attira contre lui en entourant ses épaules et sa nuque avec ses bras et ses mains.

— J'ai toujours rêvé de maquer une Blanche. Pas par vengeance de race. Parce qu'une Blanche, une blonde, surtout, c'est une merveille. Tu es une merveille.

Elle ronronnait contre sa poitrine.

— Tais-toi. Demande-moi une preuve. Là, tout de suite. Une vraie preuve.

Il vibra.

— Mais tu m'en donnes !

— Non. Ça n'est que des promesses. Exige une vraie preuve.

Il lui releva le visage.

— Tu es sérieuse ?

Elle n'avait pas besoin de répondre.

— Une preuve difficile ? reprit-il.

Elle se mit à bégayer.

— La plus difficile. S'il te plaît.

Abdou se releva.

— Tu ne plaisantes pas ? OK... Alors, voilà. Tu vas ressortir. Moi je dors. Je veux que tu ne rentres qu'à dix heures demain matin. Avec une brique en liquide. Et ce n'est pas tout. Va enlever la ceinture de mon pantalon. Quand tu rentreras, je veux qu'en plus de la brique, tu te présentes le cul, les cuisses et les seins flagellés. Je veux de belles marques bien noires. Je ne veux pas savoir qui te les aura appliquées. Je veux les marques et la brique en liquide.

Il agita la main.

— Dans un quart d'heure, tu es dehors, à poil sous ton manteau. Et la ceinture suspendue par la boucle à un lacet autour du cou.

Odile se passa les mains sur le visage.

— Tu es mon maître, balbutia-t-elle. Mon maître.

***

Quand elle fit tourner sa clé dans la serrure, à dix heures, Abdou dormait toujours. Elle se dirigea à tâtons dans le noir du studio aux volets fermés jusqu'à la cuisine. Elle titubait, mais elle réussit à préparer un plateau de petit déjeuner pendant que la cafetière électrique bouillait. Elle disposa sur le plateau sa plus jolie tasse et sa soucoupe, sans oublier le sucrier, un petit bol pour le lait chaud, un pot de confiture, du beurre et des toasts. Et les croissants tout chauds qu'elle avait achetés à la boulangerie du coin avant de remonter. Puis elle disposa les billets de la nuit sur le plateau. Seize mille francs en tout, six mille de plus que demandés. Elle alla s'agenouiller au bord du lit. Ceinture pendant au cou. Nue. Balafrée. Et elle commença à murmurer :

— Mon amour... Mon amour.

Abdou prit tout son temps pour s'étirer. Puis il alluma. Et il poussa un sifflotement admiratif.

— Eh bien, dis donc, ils ne t'ont pas ratée...

Il ne demanda pas combien ils avaient été, ni où elle les avait levés, ni comment. Il se contenta d'avancer la main vers les billets et de compter. Il rit :

— Bravo. Pose le plateau sur le lit et sers-moi. Beaucoup de lait et deux sucres.

Maintenant, il dévorait ses croissants à belles dents. Elle était toujours à genoux et il ne lui proposait pas de partager.

— Tourne-toi... Eh bien, dis donc ! Tu sais que ça te va, le cul balafré. Il faudra entretenir ça.

Il lui fit signe de se rapprocher. Quand elle fut tout près de lui, il la gifla à tour de bras, la projetant à la renverse sur le tapis.

— Je ne t'ai pas dit de me réveiller.

***

Elle était maintenant enfouie sous les draps, le corps douloureux, les joues marquées et la brûlant comme le feu. Heureuse. Abdou était allé lui préparer du café. Il était même descendu acheter des croissants rien que pour elle.

Elle n'avait jamais eu tant d'appétit le matin. Et elle engouffrait ses croissants en répétant, la bouche pleine, qu'elle l'aimait. Il avait mis une musique très douce à la radio et il fumait une cigarette, statue d'ébène aux jambes croisées dans un fauteuil crapaud en face d'elle. Il l'observait en silence. Comme perdu dans des réflexions.

— Tu ne m'as pas fouettée quand je suis rentrée, disait-elle, pourquoi ? Je m'y attendais.

Il haussa les épaules.

— Je ne te fouetterai que pour te punir.

Elle eut un sourire interminable.

— Alors, je vais être souvent une mauvaise gagneuse.

Il secoua la tête.

— Pas question. Le pognon c'est le pognon. J'aurai d'autres raisons de te punir.

Odile joua les étonnées.

— Pige pas. Plus obéissante que moi, tu meurs.

Il secoua la cendre de sa cigarette au-dessus du cendrier de cristal.

— Ah, tu crois ça... Dans une tribu, en Côte-d'Ivoire, quand une femme est nue, elle n'a pas le droit de lever les yeux sur un homme. Quand tu seras nue, si tu me regardes dans les yeux, je te punirai. A la façon de ma tribu.

Odile baissa immédiatement les yeux.

— Et c'est quoi, la façon de ta tribu ?

Il tira une nouvelle bouffée de sa cigarette.

— Le fouet d'abord. Puis vingt-quatre heures sans boire ni manger.

Elle frémit.

— Le fouet où ?

— Entre les jambes.

Odile faillit relever les yeux, mais elle se bloqua à temps.

Il rit :

— C'est ton problème, pas le mien. Je te préviens : sauf quand on ne pourra pas faire autrement, tu seras nue tout le temps.

Au moment même où elle le fixait ahurie, Odile se rendit compte qu'elle avait désobéi. Dix minutes plus tard, mains liées dans le dos, jambes relevées a l'équerre par ses chevilles attachées en croix aux montants de son lit, elle hurlait sans qu'aucun son ne sorte de sa gorge, Abdou y avait enfoncé la moitié d'une serviette-éponge trempée.

Il lui lacéra l'intérieur des cuisses pendant une demi-heure. Allant et venant dans la pièce et frappant de temps en temps par surprise. Quand il eut accumulé une vingtaine de balafres noircissant à vue d'œil, il monta sur le lit et força le chemin de ses reins. Elle était évanouie quand il eut terminé. Alors, il la détacha tendrement et la porta jusqu'à la salle de bains, lui mettant la tête sous l'eau. Puis il l'aida à passer une chemise de nuit.

— Tu peux me regarder, maintenant.

Elle se mit à lui avaler le fond des yeux.

— Qu'est-ce que c'est bon, bredouillait-elle. Un homme, un maître...

Il la porta jusqu'au lit et la borda.

— Dors un peu. Tu en as besoin. Après, on va déjeuner. Enfin, pas toi. N'oublie pas — rien à boire ni à manger jusqu'à demain dix heures trente. Puis on fait des courses. Je t'emmènerai quelque part où on n'aura pas besoin des cartes de crédit. Tu payeras, bien sûr, avec tes passes de cette nuit. Puis tu m'inviteras à dîner au restaurant. Après, campo pour le boulot, ce sera ma nuit.

Il la laissa lui lécher les mains, puis il les retira doucement.

— Je peux te poser une question ?

Elle fit signe que oui, stupéfaite.

— Pourquoi tu veux travailler pour moi ? Tu n'as plus besoin de travailler.

Elle le dévora des yeux, puisqu'elle n'était pas nue.

— Mon fric est à toi, fit-elle. Prends tout. Les six cent mille dollars et tout. Et on ira en Suisse ensemble. et tu prendras tout. Mais je ne veux qu'une chose : tapiner pour toi. Même à l'œil s'il le faut.

Abdou lui tapota la joue.

— On verra ça. Maintenant, dors. Je le veux.

A deux heures de l'après-midi, il la secoua.

— Allez, ouste, va te faire belle !

Elle vacilla vers la salle de bains. Morte de fatigue. Mais plus heureuse que jamais. Dans son dos, Abdou alluma la radio. Diana Ross. Il se mit à battre la mesure en claquant des doigts. Puis il se leva et alla chercher un numéro de *VSD* et l'ouvrit à la page des horoscopes. Il rit en silence : à son signe, le Scorpion, l'avenir était très rose. A condition d'être adroit.

CHAPITRE VI

Dans le bureau des Affaires Recommandées, la section reine de la Brigade Mondaine, Boris Corentin relisait pour la troisième fois le rapport des services de l'Identité Judiciaire porté par motard, en une succession de doubles, un quart d'heure plus tôt, vers tous les azimuts. A savoir le bureau du dirlo, le ministère de l'Intérieur, celui des Relations extérieures et l'Elysée. Le rapport qui mettait la France dans la m... vis-à-vis du gouvernement gabonais : le Noir retrouvé dans la Seine entre Bonnières et Vernon avec cinquante kilos d'haltères ficelés autour de lui, c'était bien Omar Keresso. Aucun doute. Non seulement à cause d'une certaine tache de vin dans le dos, mais surtout à cause de la dentition. Le rapport coïncidait exactement avec la fiche du dentiste de l'homme d'affaires.

Et il y avait dans le rapport d'autres petits détails corroborant parfaitement les observations de tous les « blancs » concernant Omar Keresso. Traces de coups sur les fesses et traces d'étranglement au cou. Le fameux martinet-cordelette...

Qu'est-ce qui s'était passé ? Le Noir n'avait pas

succombé à une crise cardiaque causée par une cordelette trop serrée : les vertèbres cervicales étaient brisées. Le coup classique, en torsion, des commandos. Sûr que c'était Max qui l'avait assassiné, rapport à son passé de para.

Mais, pourquoi ? La réponse coulait de source : l'argent. Omar Keresso devait avoir beaucoup d'argent avec lui. De l'argent disparu. On n'avait retrouvé qu'une misère en dollars dans la chambre. En plus, il était diamantaire. Et il y avait un billet retenu d'avance pour Genève cinq jours plus tard, à l'issue de la conférence de l'hôtel *Majestic*... Ça se dessinait. La pute qui monte et découvre l'importance du pognon. Elle appelle Max. Max tue. Ils emportent le corps. Ils le vitriolent et ils le jettent dans la Seine.

Boris se tourna vers Aimé Brichot.

— C'est toi qui as le rapport des Renseignements Généraux sur le constat dans la chambre. Si je me rappelle bien, on n'a pas retrouvé le portefeuille de Keresso.

— Exact, fit Brichot en se grattant la moustache.

Boris alla contempler à la fenêtre une péniche qui luttait, en bas, contre le courant de la Seine en crue. Intéressant. Deux remorqueurs du port de Paris faisaient jaillir avec leurs hélices des gerbes d'eau boueuse en essayant de la remettre dans le courant.

— Dans un portefeuille, reprit-il, il y a quoi ? Des papiers d'identité, et peut-être des trucs du genre carte de groupe sanguin. Mais il y a quoi aussi ?

Aimé Brichot se bloqua :

— Merde, des cartes de crédit.

Boris se retourna.

— Bravo, Mémé. Des cartes de crédit. Appelle tout de suite l'American Express, le Diners Club, etc. Et fais bloquer toutes les cartes au nom d'Omar Keresso.

*
**

Dans un petit appartement du treizième arrondissement, au quatrième étage d'un immeuble promis par pancarte à une démolition imminente, du côté de la rue Damesme, Abdou fumait une cigarette à bout doré d'Odile, enfoncé dans un vieux fauteuil dont les ressorts traînaient jusqu'à racler le parquet.

Devant lui, le spectacle était très intéressant : Odile, agenouillée, entièrement nue, les bras croisés dans le dos, la tête reposant sur une petite enclume d'appartement, si on pouvait dire. Une vieille femme noire énorme lui tenait la tête. De l'autre côté de la fenêtre, une cour de récréation hurlait. Ça sentait les épices, toute l'odeur d'Afrique transportée ici sous le ciel gris et jaune de Paris en décembre. Sur la cuisinière à charbon, une bouilloire frissonnait, au bord de lâcher le hurlement strident de son sifflet. Un vieux Noir à calotte de fausses perles rouges et jaunes se courbait vers la femme blanche. Marteau en main. Les coups résonnaient contre l'enclume et à chaque fois, Odile était secouée de tremblements qui lui faisaient heurter la souche de l'enclume avec ses seins pendants. Le vieux Noir s'appliquait, veillant à ne pas lui meurtrir le cou quand le marteau s'abattait. Le sifflet de la bouilloire se déclencha et Abdou se leva.

— Je m'occupe du thé.

Il prépara des tasses, en habitué des lieux.

— Il n'y en a que trois, fit la vieille. Elle n'a pas le droit de boire ?

— Non. Les vingt-quatre heures.

— Ah...

Abdou s'activait, plongeant la boule de thé dans la bouilloire, comptant les cuillerées et découpant des tranches de citron. Quand il eut commencé de remplir les trois tasses, les autres avaient terminé aussi. La vieille femme ridée tapota les fesses d'Odile.

— Relève-toi.

Odile obéit. La vieille lui maintenant les poignets dans le dos, serrés dans sa grosse main.

— Présente-toi à ton maître.

Odile se tourna, yeux à terre. Il y eut un long silence entrecoupé par des bruits de succion des lèvres sur le rebord des tasses.

— Ça te va très bien, tu sais, murmura Abdou.

Il se leva et il vint passer la main autour du collier de fer forgé. Puis il souleva ce qui pendait à la chaînette. Un anneau large comme un poignet. Deux lettres y étaient gravées. A et C. Les initiales d'Abdou. Abdou Celonto.

— A quatre pattes, fit-il. Fais le tour de la pièce.

Odile se laissa aller. Et elle fit le tour de la pièce. L'anneau se balançait.

— Relève-toi, fit Abdou. A genoux.

Odile s'exécuta, veillant à bien garder les yeux à terre.

— Tu l'as eue où ? fit le « forgeron ».

Abdou haussa les épaules.

— Par hasard. Il y a trois jours.

Le vieux vida un peu de son thé.

— Tu es très fort.

Abdou se tourna vers la vieille.

— Je n'ai jamais vu une gagneuse comme ça.

La vieille se mit à rire.

— Les Blanches sont toutes des putes.

Odile se mit à trembloter et Abdou se leva. Il lui caressa le visage.

— Ne l'écoute pas. Va t'asseoir là-bas.

Il la prit dans ses bras quand elle fut debout et il lui flatta les fesses de la main.

— Tu es heureuse ?

Elle lui balbutia qu'elle l'aimait.

— Parfait. Maintenant, on va te tatouer.

Ils l'allongèrent sur la table de la cuisine après lui avoir attaché les poignets à l'anneau de son collier, puis ils lui attachèrent aussi les chevilles aux pieds de la table, de façon à lui maintenir les cuisses très écartées. Pour plus de commodité, la vieille lui souleva le bassin avec deux coussins. Elle passa la main sur la toison d'Odile.

— Je vais te tatouer le nom d'Abdou sur le pubis, fit-elle avec un bon sourire. En arc de cercle autour de la fente. Avant, il faut t'épiler, bien sûr.

Odile tourna la tête vers le vieux qui mettait un pain de cire à chauffer sur la cuisinière à gaz dans une casserole. Quand la cire fut fondue, il apporta la casserole et un pinceau. Ça sentait chaud et âcre, ça soulevait un peu le cœur.

— Abdou, fit la vieille.

Odile sentit la main gauche de son amant attraper ses cheveux à pleine poignée et tirer en arrière. En même temps, il plaqua sa main droite sur la bouche. Dehors, dans la cour d'école, les cris des gosses s'étaient arrêtés net : la fin de la récréation.

— Ça va faire mal, prévint la vieille en plongeant son pinceau dans la casserole, mais pas tellement.

Elle se mit à appliquer la cire à petits coups de pinceau précautionneux. A chaque fois, Odile se cabrait avec un gémissement sous la brûlure. Enfin, tout son entrejambe fut enduit. Ils attendirent que la cire durcisse. Abdou caressait doucement le front d'Odile. Elle respirait à petits coups. Elle avait très soif, et les bruits du vieux buvant son thé à petites gorgées la torturaient.

La vieille tapota enfin la cire.

— Ça y est. Abdou...

La main se replaqua sur la bouche d'Odile et cette fois elle hurla sous la violence de l'arrachage. Abdou se pencha par-dessus Odile.

— Le joli giron, fit-il.

La vieille alla chercher son matériel à tatouer. Un pistolet électrique dont le canon aurait été une aiguille. Elle se mit au travail. Le pistolet ronronnait. Ça dura en tout une bonne heure et la vieille s'interrompait entre chaque lettre pour ne pas trembler. Ce n'était pas vraiment douloureux, mais très énervant.

Vers sept heures et demie, la vieille coupa le moteur.

— Et voilà, fit-elle.

Abdou fit le tour d'Odile et regarda.

— Parfait.

Ils la détachèrent et la relevèrent.

— Regarde-toi, dit Abdou.

Odile se courba sur elle-même. Sa première impression fut celle d'un scandale ahurissant. Les lettres étaient très hautes et épaisses, en arc de cercle sur le pubis encore rougi par l'arrachage de l'épilation. Elle se mit à haleter.

— Mais qu'est-ce qui est écrit ?

Elle avait reconnu, à l'envers, en capitales, le prénom mais il y avait d'autres mots.

La vieille se mit à rire :

— C'est dans notre langue. Ça veut dire : Esclave d'Abdou. Tu ne pourras jamais l'enlever. Mes tatouages ne s'effacent pas. Quand Abdou en aura assez de toi, tu pourras laisser repousser ta toison. Mais tu garderas la marque. Toujours.

Odile flageolait quand Abdou la fit se remettre debout. Elle se colla contre lui et mit sa tête dans son cou.

— Mon amour, balbutia-t-elle.

Il lui caressait les cheveux, les faisant flotter, jouant avec les merveilleuses mèches cendrées.

— Un jour, disait-il, je te ferai peut-être raser la tête. J'y réfléchirai. Rhabille-toi.

Maintenant, Odile était en vison de nouveau. Mais sans rien dessous, même pas des bas. Ordre d'Abdou. Elle remontait timidement le col de son manteau, pour cacher le collier.

— Ça fait combien ? demanda Abdou à la vieille.

— Cinq mille.

Abdou se tourna vers Odile.

— Paye. En liquide.

La BMW franchit le boulevard périphérique et s'engagea de l'autre côté, vers la poterne des Peupliers. Abdou conduisait. Il se rangea dans une petite rue bordée d'ateliers. Et il ouvrit le manteau de vison. Odile baissa automatiquement les yeux. Il soupesa l'anneau de fer.

— Merci, fit-il.

Odile se laissa aller contre lui. Il l'obligea d'une main à écarter ses cuisses et se mit à fouiller. De l'autre main, il avait attrapé les seins. Les vitres de la BMW s'embuaient. On entendait de l'autre côté d'un mur, le halètement criard d'une fraiseuse. Abdou retira sa main.

— Caresse-toi. Profond. Jouis.

Odile se caressa, profond, et elle jouit. Secouée de coups de reins dans son siège. L'anneau de fer battait sa poitrine et il pesait très lourd à son cou. Abdou la laissa reprendre son souffle, puis il l'embrassa avec une tendresse qui la poussa au bord de l'évanouissement.

— Viens, fit-il, on va dîner chez des amis. C'est tout à côté.

***

A deux cents mètres de l'appartement, le restaurant était un boui-boui sentant le Noir jusqu'à la nausée. Odile fut installée sur la banquette. Nue. Collier et anneau de fer offerts à tous les regards. Abdou avait pardonné pour le regard de tout à l'heure. Mais pas pour celui de ce matin. On ne remplit jamais son assiette ni son verre. Et elle oscillait sur ses fesses, les yeux bas, luttant contre l'évanouissement et la soif.

Quand Abdou la ramena chez elle, il lui fit l'amour avec une douceur plus intense que jamais. Et elle lui répéta qu'elle était sa chose et qu'elle était heureuse de porter le collier et le tatouage. Il éteignit et il s'endormit aussitôt, jouant avec son anneau et son collier et caressant son pubis lisse. Elle resta longtemps dans le noir. Timidement, elle souriait dans la nuit, malgré sa soif dévorante. Elle avait trouvé un maître. Il l'avait marquée. Un maître cruel et doux à la fois. Ah... Que c'était bon !

Le jour était levé depuis longtemps quand elle finit par sombrer, épuisée. La main d'Abdou la secoua.

— Va chercher les croissants et le journal.

*
**

Après le petit déjeuner qu'elle dévora comme une bête affamée, il lui refit l'amour. Plusieurs fois. A treize heures, il lui dit de se préparer. Il fallait aller chez une lingère spéciale de sa connaissance. Inutile de s'habiller sous son vison. Il y aurait là-bas tout ce qu'il faudrait.

Au restaurant grec du coin de la rue La Boétie, ils eurent exactement l'air d'un couple interracial très amoureux. Le serveur avait trouvé bizarre que la si jolie Blanche aux yeux cernés refuse en riant de lui donner son vison, mais les clients sont rois, n'est-ce pas ?

Abdou se servit du vin. Sans servir Odile.

— Tu m'as oubliée, protesta-t-elle, mutine.

Il la fixa.

— Non. Une femme, ça ne boit pas de vin. Et puis, écrase ta cigarette. Tu ne fumes plus.

Il lui releva le menton avec l'index.

— Ce soir, fit-il, tu vas tout me donner. Les dollars, les montres et le reste. Plus les chiffres du compte numéro. C'est à moi, désormais. Tu as fait tout ça pour moi. Rien que pour moi. Et puis, ta vas tapiner pour moi. Et tu me donneras tout. Je t'ai maquée. C'est toi qui l'as voulu. Pas moi. Tu n'es plus rien. Juste une pouffiasse qui m'appartient. Quand j'en aurai marre de toi, je te revendrai. A un Nègre. Un sale Nègre bien dégueulasse. Et je partirai avec ton pognon.

Le serveur se penchait.

— Madame n'a plus faim ? C'est pourtant bon.

Odile lui adressa un sourire d'excuse.

— Je suis désolée.

Le serveur ôta son assiette et sortit la carte des desserts.

— Profiterolles au chocolat pour moi, fit Abdou. Rien pour elle.

Il se mit à rire, à peine le serveur reparti : Odile avait été agitée d'un interminable frisson.

— Toi, fit-il, tu adores qu'on te prive. J'ai pigé, va. Il y aura beaucoup de privations.

Elle chercha sa bouche avidement. Et il dut lui ordonner de mieux se tenir pour qu'elle accepte enfin de se rejeter en arrière contre le skaï du dossier de la banquette. Un reste de l'Odile d'avant lui hurlait que tout ça était dingue et que ça ne pouvait que tourner mal. Mais qu'est-ce qu'on peut faire quand on est une pute tombée amoureuse ? Dingue d'un étalon au point de lui offrir une fortune ? Ça tournait dans sa tête. Omar... Max... Max assommant Omar et lui cassant les vertèbres... Puis l'arrivée d'Abdou, avec son anneau dans l'oreille gauche... Et l'amour avec Abdou... La révélation... La certitude d'avoir enfin trouvé ce qu'elle voulait, le maître à la hauteur de ses désirs secrets d'esclavage...

Le garçon revenait avec l'addition. Abdou la tendit à Odile.

— Règle.

Le garçon se mit à rire.

— Veinard.

Abdou se mit à rire lui aussi.

— Elle adore payer, la connasse. D'ailleurs, elle va t'allonger un bon pourboire, n'est-ce pas, connasse ?

Odile fit ce qu'on lui disait de faire. Indifférente au coup d'œil gras que le garçon adressait à Abdou. Déjà, Abdou lui faisait signe de se lever. Elle sortit devant lui et le froid de décembre remontant sous son manteau saisit ses cuisses et son ventre nus.

Elle mit le contact. Abdou s'était assis à l'arrière.

— Excuse-moi, fit-elle, humble. Je ne sais pas où on va.

Il sifflota.

— On va à Saint-Denis, salope. Je te guiderai une fois dans le coin.

La BMW reprit les Champs-Elysées, puis fit le tour de l'Etoile et s'engagea dans l'avenue de la Grande Armée. Arrivée au pont de Neuilly, elle vira à droite, vers le nord. A l'arrière, Abdou somnolait. Au volant, Odile se mit à veiller à conduire très en douceur. Pour ne pas le réveiller dans sa sieste. Elle avait plus que jamais conscience de sa folie subite, mais on ne peut rien contre l'amour. Plus Abdou la maltraitait, plus elle délirait.

CHAPITRE VII

Aimé Brichot étala soigneusement sur son bureau les cinq chemises — une bleue, une rouge, une beige, une verte et une jaune. Sur la première, il avait inscrit en jolies capitales d'imprimerie : « Odile ». Sur la deuxième : « Odette ». Sur la troisième : « Olympe ». Sur la quatrième : « Ondine ». Et sur la cinquième : « Olga ».

— Tiens, Boris, fit-il. J'ai fini. Si ça t'intéresse...

Boris attrapa les chemises et les étala à son tour devant lui.

— Eh bien, allons-y gaiement, fit-il en ouvrant la chemise bleue.

Il se bloqua. Sous ses yeux, une liste d'Odile, tapée à la machine. Le prénom se répétait à donner le tournis. Et chaque fois, il y avait quelques lignes détaillant la fille, son âge estimé, son genre et ses lieux habituels de tapinage.

— Il y en a combien de pages comme ça? soupira-t-il.

Aimé Brichot s'empressa :

— Cinq pour Odile, cinq et demie pour Odette, trois pour Olga, deux et demie pour Olympe, une pour Ondine.

— Et le nombre de filles en tout ?

— Vingt-neuf Odile, trente-quatre Odette, seize Olympe, dix Olga et six Ondine. Quatre-vingt-quinze en tout.

Boris se réintéressa à la première chemise.

— Odile, vingt-cinq ans, brune, élancée. Bois de Boulogne et avenue de Madrid... Bon, une possible.

Il cocha.

— Odile, quarante ans. Pigalle... Eliminée.

Il releva le menton.

— Au fait, on a les photos de chaque fille ?

— Elles vont arriver.

Boris lui tendit la chemise des Odette.

— Tu m'aides ?

Une heure plus tard, ils avaient éliminé treize Odile, quinze Odette, cinq Olga, douze Olympe et trois Ondine. Restaient donc respectivement seize, dix-neuf, cinq, quatre et trois, soit un total de quarante-sept prostituées possibles.

Boris se tourna : Tardet rentrait, agitant une pelure.

— Tiens, le rapport des services balistiques. L'arme qui a tué Max Bruneau est un 6.35. Point à la ligne.

Boris jeta un coup d'œil de biais à Aimé Brichot.

— Evidemment... Ça aurait été trop beau qu'on identifie l'arme.

Il s'arrêta.

— Tiens, tout ça me donne une idée.

Il se fouilla et sortit son carnet d'adresses. Puis il composa un numéro.

— Robert ?... C'est Boris. Comment ça va ici ? Pas fort. La scoumoume continue. Mais tu vas peut-être m'aider à m'en sortir. On sait une seule chose :

la fille que Max a fournie à Keresso porte un prénom qui commence par O. Une petite liste trouvée sur le corps. Je t'expliquerai. O, ça ne peut être que Odette, Odile, Olga, Ondine ou Olympe. On en a quarante-sept possibles, dans le genre de la clientèle de ton hôtel. Sans compter toutes celles qu'on n'a pas en fiche. Tu vois ce que je te demande ?... OK, tu es un rapide. Rappelle-moi dès que tu as un tuyau.

Quand le détective du palace rappela, une demi-heure plus tard, ils venaient tous de se répartir le travail. Cinq filles à vérifier chacun en gros. Avec une chance très minime d'arriver à un résultat. Si celle qu'ils cherchaient était dans le lot, il faudrait qu'elle soit vraiment branque pour se laisser coincer. Mais il fallait essayer. Au marchandage, s'il le fallait.

Boris plaqua l'écouteur à son oreille.

— Alors ?

A l'autre bout du fil, la voix du vieux flic était précise et nette, comme à son habitude.

— Je n'en vois qu'une possible parmi celles dont je connais les prénoms, parce que tu penses bien que je ne peux pas aller le leur demander sous le nez. Mais celle-là, je la connais parce qu'elle m'a rendu de petits services. C'est une étoile filante. Elle s'appelle Odile.

— Elle est comment ?

— Grande, blonde, vingt-cinq ans au plus. Beaucoup de classe. Tout à fait le genre d'ici.

— Elle vient souvent ?

— Pas régulièrement. Un soir sur deux en moyenne. Mais je ne l'ai pas vue depuis une petite semaine. Elle tapine en voiture, surtout, avenue Foch.

Boris hocha la tête.

— Tiens, tu ne l'as pas vue depuis une semaine... Ecoute, voilà ce que tu vas faire. Dès que tu la revois, préviens. Et on la met en filature.

Il raccrocha et reprit la liste des Odile. Il y en avait cinq ou six correspondant au signalement...

***

La BMW fit le tour de la place de l'Opéra et elle s'engagea dans la rue de la Paix. Aussitôt bloquée par un embouteillage. Abdou poussa un juron. C'était lui qui conduisait. A sa droite, Odile feuilletait un catalogue illustré de photos en couleurs. Un catalogue qu'on leur avait donné à la lingerie d'où ils venaient, à Saint-Denis, avec dans le coffre trois cartons remplis d'achats. Des nuisettes translucides, des soutiens-gorge découpés, des slips fendus, des corsets et des guêpières, des porte-jarretelles et des jarretières, des bas de toutes les couleurs. Tout l'attirail spécial choisi par Abdou.

Cette fois, Odile n'était plus totalement nue sous son vison. Elle portait de longs bas gris arachnéens retenus par des jarretières de cuir à une guêpière de cuir baleinée très serrée. De petits balconnets remontaient les seins par en dessous les offrant, gonflés et soulevés entre les bretelles, de cuir elles aussi. Devant, la guêpière descendait jusqu'au pubis, mettant bien en valeur le ventre épilé et son tatouage. Derrière, elle laissait la croupe entièrement libre, bien rebondie sous la taille étranglée.

Odile s'arrêta sur une page de gauche. Ce n'était

plus un catalogue de lingerie, mais de couture. Une adresse conseillée par le patron de la lingerie, un vieux Turc aux yeux durs qui n'avait cessé de détailler Odile, tout le temps de ses essayages. Il s'agissait d'une maison spécialisée dans des tenues très particulières. Robes découvrant les seins ou les fesses, ou le ventre, chemisiers, vestes et jupes à fermetures adhésives, qui permettaient un déshabillage ultra-rapide. Capes, capelines et jupes corolle. Toutes enlevables aussi rapidement.

Odile montra la page à Abdou.

— Je suis sûre que tu vas aimer ça.

Il se pencha vers elle dans la voiture toujours immobilisée. Sur le papier glacé, une fille posait de trois quarts, visage tendu vers l'objectif, langue un peu sortie. Elle portait en haut une capeline à col très haut, ouverte sur sa poitrine nue. Et elle ouvrait de ses deux mains gantées sa jupe très ample sur son ventre également nu. Elle ne portait pas de bas. Aux pieds, des escarpins à lanières. Elle avait un chapeau noir à voilette et sur une petite photo à côté de la grande, on la voyait assise, capeline et jupe refermées, très correcte, très grande dame. La légende disait : « Capeline et jupe en drap de marine. Fermeture Velcro sans aucun bouton. Déshabillage garanti en trois secondes. Toutes tailles. 3 700 F TTC. » Puis, dans un bandeau en travers et en capitales avec point d'exclamation à la fin : « Idéal pour grandes bourgeoises salopes. »

Abdou fit claquer sa langue contre son palais.

— Pas mal. Tu as bon goût, salope. Et tu as envie de passer pour une bourgeoise, hein ?

Odile sourit.

— Tu as vu, surtout : le col de la capeline est très haut. Ça cachera bien mon collier.

Il lui flatta la cuisse.

— Ce que je vois surtout, moi, c'est que tu seras très vite à poil. L'adresse ?

Odile se remit à feuilleter.

— Rue de la Trinité. C'est à deux pas.

— OK, on y va après Cartier.

La circulation reprenait. Une minute plus tard, Abdou rangea la BMW en double file devant le bijoutier.

***

Odile s'examinait dans la petite glace posée sur la table Louis XV. La vendeuse lui sourit.

— Elles vous vont à merveille, Madame.

Odile tournait la tête de côté.

— Elles te plaisent ?

Abdou étudia attentivement les boucles d'oreilles. Toute une nuée de petits diamants sertis en forme de cœur.

— Garde-les, fit-il.

La vendeuse le fixa.

— Vous avez très bon goût, Monsieur. Je les aurais choisies, moi aussi, pour Madame.

Elle se mit à faire la facture et Abdou sortit une carte de crédit. La vendeuse marqua aussitôt le coup. Une carte Gold barrée.

— Si Monsieur veut bien signer, fit-elle avec déférence après avoir préparé le nécessaire.

Son client n'avait même pas demandé le prix...

Tandis qu'Abdou signait, Odile avait pivoté sur sa chaise cannée pour se contempler dans la grande glace murale à sa gauche. Un homme était appuyé à la glace, attendant son tour. La soixantaine ultra élégante. Il se poussa de côté, avec un léger sourire. Odile se sentit très examinée. Elle connaissait ce genre de regard. Celui de quelqu'un qui a tout de suite repéré à qui on a affaire.

Abdou et Odile étaient à peine repartis du salon que la vendeuse se levait.

— Monsieur Mallibert ! Il y a longtemps que je n'ai pas eu le plaisir de vous voir.

L'homme haussa les épaules en s'asseyant.

— Que voulez-vous, ma petite Martine, je ne suis pas souvent en France, hélas... Bon, je voudrais quelque chose pour ma fille, elle a dix-huit ans demain. Un collier, quelque chose de sage.

Il se mit à rire.

— Pas le genre de la call-girl au Noir, si vous voyez ce que je veux dire ?

La vendeuse approuva, amusée.

— Ils en ont de l'argent... Ils ne m'ont même pas demandé le prix.

Mallibert se pencha.

— Qui ça peut être ?

La vendeuse ressortit de son tiroir le reçu de la carte.

— Je ne devrais pas vous le dire, mais avec vous, monsieur Mallibert... Un certain Omar Keresso.

Le sexagénaire s'immobilisa.

— Omar Keresso ?

— Oui. Ça a l'air de vous faire un choc.

— Vous parlez ! Une seconde.

Il se leva et se mit à courir vers la sortie. Arrivé sur le trottoir, il chercha partout. Rien. Le Noir et la call-girl avaient disparu. Il revint en se grattant la nuque.

— Ma petite Martine, ce jeune maquereau noir ne s'appelle pas plus Omar Keresso que vous ou moi. Il vous a payée avec une carte volée. Je connais intimement Omar Keresso. Il a cinquante ans et c'est un homme d'affaires gabonais richissime. J'ai même rendez-vous avec lui ce soir. Ça alors... Passez-moi vite un téléphone et vous, prévenez tout de suite l'American Express !

Mallibert appela d'abord le palace où ce soir il devait prendre Omar pour l'emmener dîner au *Fouquet's*. Rendez-vous convenu à Libreville quinze jours plus tôt. Réponse gênée de la réception. Il demanda le directeur, en donnant son nom. A l'autre bout du fil, quand il eut raconté son histoire, la réponse fut très brève :

— Désolé, monsieur Mallibert, mais j'ai des ordres. Donnez-moi dix minutes et dites-moi où je peux vous rappeler.

Dix minutes plus tard, il y eut un appel pour Mallibert. Mais ce n'était pas le directeur du palace. Un certain Boris Corentin, inspecteur divisionnaire de la Brigade Mondaine. Et il demandait à le voir au plus vite. Où il le voulait. Ajoutant que le mieux, si ça ne le dérangeait pas, était de passer tout de suite quai des Orfèvres et de le demander.

Mallibert se leva, assez sidéré.

— Eh bien, ma petite Martine, la police me convoque. Désolé. Je repasse tout à l'heure.

La vendeuse tournait entre ses doigts le reçu.

— Mince alors, se dit-elle. Quelle histoire...

***

Rue de la Trinité, le « salon d'essayage » était une longue pièce mansardée éclairée par des lampes nues pendant de la poutre. Pas de glace. Celles qui venaient ici n'avaient pas leur mot à dire sur ce qu'on leur achetait. Quand Abdou et Odile y entrèrent, précédés d'un Vietnamien volubile, un autre client était assis dans un vieux fauteuil râpé, jambes croisées, fumant un cigarillo. L'air d'un bourgeois du seizième arrondissement. Et c'était évidemment sa femme qui évoluait devant lui. Une brune d'à peine vingt ans, l'air fragile et soumise. Elle sursauta en voyant entrer Odile et Abdou. Elle était en robe de jersey collant à la peau. Les seins étaient découverts et comme elle tournait sur elle-même sur l'ordre de son mari, Odile s'aperçut que la robe était également découpée sur les reins.

Abdou s'assit à côté de l'homme et lui demanda du feu. Puis il agita la main vers Odile :

— Enlève ton manteau.

La bourgeoise eut un long frémissement en voyant la guêpière apparaître. Puis surtout le collier et le tatouage. Odile lui adressa un léger sourire complice de côté et la jeune femme rougit violemment.

— Je prends, fit le bourgeois. Maintenant, je voudrais voir les tailleurs.

Son vendeur, un Vietnamien qui paraissait le jumeau de l'autre, s'empressa vers des cintres. Il y avait des cintres partout. Odile s'était mise à attendre, nue, et donc les yeux baissés. Il n'y avait pas de chaise pour elle, évidemment.

Abdou ouvrit le catalogue à la page de la capeline et de la jupe.

— Faites-lui essayer ça.

Une minute plus tard, Odile était prête. Capeline et jupe sagement refermées.

— Ah, la classe ! s'exclama Abdou. Bon. Maintenant, on va voir si ça s'enlève aussi vite que promis.

Il fixait du coin de l'œil la trotteuse de sa montre de chez Van Cleef et Arpels :

— Hop, et que ça saute !

Odile arracha la capeline puis la jupe, les abandonnant à ses pieds.

— Quatre secondes, conclut Abdou. Il va falloir t'exercer.

Le Vietnamien se courba cérémonieusement :

— Si vous me permettez un conseil, Monsieur, ce genre de modèle est beaucoup plus attrayant à l'œil quand il est porté sans rien dessous. Le contraste est bien plus saisissant au déshabillage.

— Voyons ça, admit Abdou.

Tandis qu'Odile dégrafait sa guêpière, la bourgeoise avait recommencé à évoluer, veste de tailleur ouverte, jupe soulevée à deux mains. Son mari secoua la tête.

— Non, un autre.

Odile remit sa capeline et sa jupe. Toute nue cette fois dessous. Les deux vendeurs étaient repartis, appelés par leur patron par l'interphone.

— Chrono, reprit Abdou. Top.

Il éclata de rire :

— Trois secondes. Bravo.

Le bourgeois se tourna vers lui.

— Où avez-vous donc fait faire ce tatouage si intéressant ?

Abdou découvrit ses belles dents impeccablement rangées avec un air d'enfant.

— Une vieille Négresse de mes amies, dans le

treizième. C'est la reine du tatouage. Et son mari ferre aussi des colliers, des bracelets. Tout l'attirail quoi ! Vous voulez l'adresse ?

L'homme se tourna vers son épouse, qui attendait toujours, veste de son nouveau tailleur rabattue très bas en arrière dans le dos, et jupe descendue à mi-cuisses.

— Ça t'irait très bien, tout ça, tu ne crois pas ?

La jeune femme baissa la tête sans répondre.

— Je t'ai posé une question.

— Ça m'irait très bien, murmura-t-elle.

L'homme se tourna vers Abdou.

— Vous avez l'adresse sur vous ?

Abdou rigola :

— J'ai mieux que ça. Le téléphone. J'appelle tout de suite si vous voulez et je vous la passe.

Cinq minutes plus tard, l'homme et Abdou échangeaient leurs propres numéros de téléphone. Le vendeur réapparut, puis l'homme se tourna vers sa femme.

— Claire, dis bonjour à Odile. Vous êtes appelées à vous revoir. Et je suis sûr qu'elle a beaucoup de choses à t'apprendre.

Il plissa les yeux vers Abdou.

— Ma femme est pleine de bonne volonté, mais elle est encore un peu godiche.

Là-bas, Odile passa la main sur la joue de Claire.

— Tu verras, c'est merveilleux d'être tatouée.

Claire la fixa d'un air perdu.

— Oh, ce n'est pas ça. C'est le collier et l'anneau...

Odile continuait à lui caresser le visage.

— Mais ce n'est rien. Tu seras fière, je te le

promets. Regarde, est-ce que j'ai l'air malheureuse ?

Abdou se levait.

— On s'en va. Garde ça sur toi. Et paye.

Sur le seuil, il se tourna vers le mari.

— J'ai l'habitude des filles. Croyez-moi. Votre femme, c'est la race des putes. Mettez-la au turf.

L'homme aspira une longue bouffée de son cigare.

— Mais c'est dans mes projets, mon vieux.

Dans l'escalier, Abdou passa la main sous la capeline et se mit à attraper les seins libres.

— Génial, fit-il. Tu vas porter ça souvent. Allez, on rentre à la maison. Tu m'as promis quelque chose.

Odile frissonna : Abdou lui tordait tour à tour les pointes des seins. Et elle n'avait pas oublié sa promesse : le don à Abdou de tout. Les dollars, les diamants, le compte numéro.

— Ne m'abandonne pas, après, gémit-elle.

Il la poussa le dos au mur, sur le palier du deuxième et il ouvrit sa jupe. Il la pénétra aussitôt, mains plaquées sur ses seins, langue cherchant le fond de sa bouche. Elle cria très vite.

— On n'abandonne pas une gagneuse comme toi, reprit-il. Ce serait trop con.

Le vison qu'elle portait au bras avait glissé à terre pendant l'amour, avec le paquet contenant sa guêpière et ses bas. Il lui dit de les ramasser, et elle se pencha. Elle titubait.

— Referme ta jupe, fit-il.

Il lui flatta les fesses en reprenant la descente.

— Tu es une brave fille. On va être très heureux ensemble, tu verras.

***

Abdou reposa sur la table basse le sac de plastique. Les diamants bruts tintèrent contre le verre de la table. A côté, il y avait des liasses de dollars, la chevalière, les montres et les épingles de cravate. Plus le bout de papier des chiffres de son compte numéro.

— Merci, dit-il.

Elle lui dit qu'elle l'aimait, les yeux baissés, puisqu'il l'avait fait se déshabiller dès l'entrée.

— Tu m'accompagneras à Genève, reprit-il. Puis on voyagera. Tu mérites une carrière internationale. Je connais un réseau. Ils cherchent des filles comme toi. Tu auras un dossier avec de jolies photos et le détail de tes spécialités. Toutes tes spécialités. Ce que tu gagneras me sera versé directement. Et tu me donneras les pourboires.

Elle l'écoutait, muette. Sidérée elle-même de sa soumission. Quand elle pensait à ce qu'elle était encore cinq jours seulement plus tôt... Une pute libre, sans julot et ayant juré de ne jamais en avoir. Libre et fière. Et puis Abdou avait posé les yeux sur elle. Et elle était devenue exactement ce qu'elle méprisait : une fille perdue. Ça ne pourrait que mal tourner. Un jour ou l'autre, Abdou en aurait assez d'elle. Et alors... Ah, ne pas y penser ! Se battre pour qu'il veuille bien d'elle le plus longtemps possible !

— Excuse-moi, fit-elle. Je crois qu'il faudrait se débarrasser des cartes. Ça devient trop risqué.

Il approuva.

— Tu as raison, je les brûle tout de suite.

Il attrapa son portefeuille et les grilla une à une

au-dessus du gros cendrier. Comme elle avait les yeux à terre, elle ne vit pas qu'il avait remplacé la dernière carte par sa propre carte.

Il se leva et s'étira.

— Sept heures, il est temps d'aller au boulot. Capeline et robe fendue. Tapine poitrine présentée et jupe ouverte.

« Tu me rejoindras au *Brunnie's* à minuit. Entre-temps je serai allé déménager chez moi l'essentiel de mes affaires. Je m'installe ici. Toi, rapporte au moins trois mille. Démerde-toi. Je vais dîner avec des copains. D'ailleurs, tu les verras au *Brunnie's*.

Une demi-heure plus tard, la BMW rôdait à petite allure dans les allées du Bois, plafonnier intérieur allumé au-dessus de la capeline ouverte. Odile était en chapeau noir à voilette. Un ruban de taffetas rose était noué à l'anneau de son collier. Une Porsche la doubla, se mettant à rouler à sa hauteur. Elle se cambra. La Porsche alla se ranger devant elle et elle freina. Quand le conducteur se présenta à la hauteur de la portière de la BMW, Odile avait déjà baissé la vitre et elle attendait, jupe entièrement ouverte, capeline tombée de ses épaules, cuisses relevées à l'équerre.

L'homme émit un petit sifflement.

— Eh bien, dis donc... On ne doit pas s'emmerder avec toi.

Elle lui sourit.

— Monte, chéri, tu ne le regretteras pas.

L'homme s'appuya à la portière, commençant à parler tarif.

— Combien la pipe ?

— Cinq cents. Et sept cents si j'avale.

Il frémit.

— Hors de la voiture, contre un arbre, à poil et à genoux ?

— Là, c'est mille.

Il fit signe qu'il était d'accord et fit le tour pour s'installer à côté d'elle.

— Le fric, dit Odile en tendant la main.

Puis, la BMW s'engagea entre les arbres.

CHAPITRE VIII

Au deuxième étage du 36, quai des Orfèvres, on faisait des heures supplémentaires. Le staff était de nouveau réuni au complet. Passionnante, la visite du dénommé Mallibert, tout à l'heure. Un Blanc d'Afrique noire, très intelligent. Il avait donné une description extrêmement détaillée du couple. De la fille surtout. Le Noir, visiblement un étalon à ce qu'il décrivait, il ne l'avait vu que du profil droit et un peu de face, mais ça lui avait suffi pour noter sa ressemblance avec Carl Lewis. Un point d'identification très précieux. En revanche, il n'avait reconnu la fille sur aucune des photos présentées. Malheureusement. Mais maintenant, l'affaire sortait quand même du brouillard.

Le téléphone grésilla.

— Boris, c'est pour vous. Robert.

Boris attrapa l'écouteur.

— Allô ?... Ah, elle est là, Ouf... Démerde-toi, empêche-la de trouver un client. J'arrive.

Il raccrocha.

— Patron, on dirait que la chance revient. Enfin, espérons-le vraiment. La blonde prénommée Odile dont Robert Mallet nous a parlé est revenue à l'hôtel.

***

Quand Boris et Aimé surgirent dans le hall de l'hôtel, Robert Mallet accourut vers eux.

— Elle est là-bas, du côté des boutiques. La fille de dos qui feuillette une revue à la librairie-journaux.

Boris se concentra. Très grande, la pute de luxe type. Longs cheveux blonds flottants sur le col de son manteau de fourrure.

Ils se rapprochèrent. Dehors deux voitures radios attendaient, pour plus de sûreté. En tout six inspecteurs prêts à la filature et disséminés dans les alentours pour éviter tout repérage. Boris arrivait à la hauteur de la fille quand elle reposa la revue dans le présentoir et se retourna. Son visage apparut.

— Ah non, grogna-t-il. Pas elle.

La fille l'avait reconnu, elle aussi.

— Boris ! s'exclama-t-elle. Décidément, tu t'abonnes ici.

Il approuva :

— Comme tu vois. Et je voudrais te poser une question. Comment tu t'appelles au juste ?

Elle fronça les sourcils.

— Tu as oublié mon prénom ? Salaud.

Il secoua la tête.

— Nadia. Mais dis-moi, tu ne changes pas de prénom de temps en temps ?

Elle rit.

— Ah, je vois ce que tu veux dire. En ce moment,

j'ai choisi Odile, c'est plus à la mode. Je ne suis plus Nadia que pour les vieux copains comme toi.

Elle était maintenant tout près de lui et elle lui griffait l'épaule de ses ongles interminables.

— Tu fais quoi, ce soir ? murmura-t-elle d'une voix rauque. Moi, j'ai eu une bonne après-midi. Puis ça n'a plus l'air de marcher. J'ai envie de me changer les idées. Fais-moi plaisir. On dîne ensemble. Je t'invite.

Il gratta le crâne du Yorkshire qu'elle portait toujours dans ses bras, comme l'autre jour.

— Excellente idée, fit-il gaiement. Laisse-moi le temps de prévenir Mémé et je suis à toi.

Aimé Brichot s'était éclipsé par discrétion. Et aussi pour cuver tout seul de son côté sa déception. Nadia, cette vieille Nadia de vingt-cinq ans si précieuse il y avait une paire d'années dans une affaires de clandés... Et devenue Odile. Juste pour leur donner de faux espoirs. Décidément, la chance les abandonnait sans arrêt. A moins que... Mais non, impossible. Pas le genre de Nadia. Pas du tout. Pute d'accord, mais pute honnête.

Boris le rattrapa.

— Qu'est-ce que tu en penses ? Tu crois que ça peut être elle ? Je n'arrive pas à y croire. Ce serait le monde à l'envers.

Aimé se passa la main dans la calvitie.

— Aucune chance que ce soit elle.

Boris approuva.

— On ne sait jamais. Je dîne avec elle. Je vais avancer sur des œufs, c'est le cas de le dire, mais elle sait peut-être quelque chose.

Aimé Brichot soupira :

— A toi les belles gonzesses. A moi le coup de fil à Baba...

*
**

Nadia faisait du pied à Boris sous la table et elle avait un regard très brûlant dans la lumière douce des bougies. Ils en étaient au dessert, un merveilleux soufflé au chocolat.

— Tu ne me fais plus confiance, protesta Nadia en soulevant son Yorkshire de ses genoux pour lui donner, du bout des doigts, un morceau du soufflé. Si tu ne crois pas que je vois clair comme de l'eau de roche que tu as des ennuis ?

Il reposa sa cuillère dans son assiette.

— Tu sais bien que je ne peux rien te dire. Mais si tu veux vraiment savoir, oui, j'ai des ennuis de boulot.

Nadia pâlit.

— Tu es viré ?

Il rit :

— Pas encore, mais c'est possible.

— Dis toujours. Tu sais que je suis réglo.

Il hésita :

— Là, tu as vraiment intérêt. Bon, je cherche un étalon noir. Je ne connais rien de lui. Je ne l'ai jamais vu. Tout ce que je sais, c'est qu'il ressemble à Carl Lewis et qu'il a dans les vingt-vingt-deux ans. Ça te dit quelque chose ?

Nadia hocha longuement la tête.

— Mais bien sûr.

Boris lui prit la main et serra.

— Ne plaisante pas, je t'en prie.

Elle avala posément une cuillerée de son soufflé.

— Tu devrais manger avant qu'il ne retombe. Ton étalon, c'est Abdou, un Ivoirien. Fabuleux. Il fait l'amour d'instinct et il n'est jamais fatigué. Il est dans le circuit depuis six mois au plus. Je l'ai connu dans une partouze.

Boris termina son soufflé en une minute. Il avait subitement retrouvé un appétit d'ogre.

— Tu as son adresse ?

Elle tendit le bras pour attraper son sac. Ses seins bougèrent dans son décolleté. Elle sortit un carnet d'adresses de chez Hermès et se mit à le feuilleter :

— Lettre C... Celento. Abdou Celento. Ah, voilà...

Boris nota fébrilement l'adresse et le téléphone.

— C'est grave ce qu'il a fait ? questionna Nadia, que ça mettait quand même mal à l'aise de donner un « confrère ».

Boris secoua la tête.

— Rassure-toi. Pas de remords à avoir. Il n'a rien fait, lui, mais il peut me mener à quelqu'un que je recherche.

Nadia le fixa gravement :

— Une pute ?

— Oui.

— Evidemment, tu ne sais pas comment elle s'appelle.

— Non. Je sais juste que son prénom commence par O. O comme Odile, par exemple. Tu commences à comprendre ?

Nadia partit d'un interminable rire de gorge :

— Ah j'y suis ! Le détective t'a parlé de moi, sous mon nouveau prénom. Et tu venais m'alpaguer. Boris... Tu te rends compte...

Il agita la tête.

— Ça va, ça va ! Reste que tu te fais appeler Odile

désormais et que tu as eu de la chance de tomber sur moi. Un autre collègue t'aurait emmenée dare-dare à la Maison.

Nadia termina son soufflé.

— Ça a un rapport avec la soi-disant maladie de Max ?

Il réussit à ne pas marquer le coup.

— Quel Max ?

— Ah, tu ne sais pas ? Le concierge de nuit. Il a disparu depuis quelques jours. Il paraît qu'il est malade.

— Ça arrive...

Elle hocha la tête.

— Tu rigoles ou quoi ? Max malade... Tout mais pas ça.

Boris remplit leurs verres.

— Ne cherche pas des histoires à dormir debout. Rien à voir avec ce type dont je n'ai jamais entendu parler.

Le pied de Nadia recommençait à aller et venir contre le sien.

— J'ai été gentille avec toi, non ? fit-elle avec des yeux qui se troublaient dans la lueur des bougies. J'ai droit à ma petite récompense. Viens chez moi. Tu n'es pas marié, je le sais. Tu me dois bien ça.

Les yeux noirs de Boris se plantèrent dans les siens.

— OK, je suis réglo. Et puis, ça ne sera pas désagréable.

Elle rejeta la gorge en arrière.

— Galant avec ça.

Dès son arrivée dans le studio de Nadia, rue de la Faisanderie, une adresse bien pratique quand on est prostituée, vu sa proximité du bois. Boris appela Charlie Badolini chez lui.

— J'ai localisé le Noir dont il est question, patron. Voici l'adresse. Ce que je fais ?... Désolé, patron, je ne peux pas venir tout de suite. Je vous expliquerai. Problème d'honneur.

Nadia ressortait de la salle de bains, fantastique de sex-appeal dans sa nudité. Elle le déshabilla et elle le poussa vers le lit.

— Dépêche-toi. Je suis sûre que tu es meilleur que dans le temps.

*
**

Une demi-heure plus tard, tout le dispositif de surveillance était au complet devant chez Abdou, rue de la Pompe, non loin de l'avenue Victor-Hugo. Chef des opérations : Aimé Brichot.

*
**

Odile arriva comme promis au *Brunnie's* à minuit pile. Elle ne portait pas exactement le genre de vêtements des autres filles présentes, toutes en robes décolletées, quand elle s'avança au milieu du bar américain avec une piste de danse au milieu. Et elle fit assez d'effet avec sa tenue sévère et son chapeau à voilette. Elle repéra très vite Abdou au fond de la salle. Il était en compagnie de trois hommes plus âgés que lui. Un Anglo-Saxon d'une cinquantaine d'années et deux petits gros dont les yeux la mirent tout de suite mal à l'aise. Sûrement des Libanais. Abdou la présenta sans les lui présenter, eux.

— Assieds-toi, fit Abdou en lui désignant une chaise en face d'eux : ils occupaient un coin de la salle. Elle obéit.

— Montre-leur comment tu es habillée, reprit-il. De dos, personne ne verra rien, si c'est ça qui t'inquiète. De toute façon, il n'y a que des putes ici.

Elle ouvrit sa capeline, yeux aussitôt baissés. Une honte délicieuse l'envahissait.

— Ça, c'est des nichons, hein ? fit Abdou.

Ils ne répondirent pas : les yeux suffisaient.

— Lève-toi, présente ton ventre.

Elle se leva et elle décolla la bande velcro de la jupe.

— Tatouée d'hier, commenta Abdou. Rassieds-toi. Sans refermer la jupe.

Il rit :

— Quant au cul, je vous laisse la surprise. Vous m'en direz des nouvelles.

Il tendit la main.

— Le fric. Combien ?

Odile, les yeux toujours baissés, esquissa un petit sourire de fierté.

— Trois mille huit.

Abdou empocha sans la féliciter.

— Tu vas suivre mes amis, reprit-il. Tu sera très obéissante. On a fait affaire jusqu'à midi. Après, tu rentres. Je ne serais pas là, mais tu m'attendras. D'ailleurs, je te téléphonerai.

Elle haletait. Elle avait tellement espéré avoir droit à sa récompense de bonne gagneuse.

Abdou ne s'intéressait déjà plus à elle.

— Dix mille chacun, fit-il. Tout de suite.

Il compta les billets qui allèrent rejoindre les trois mille huit dans sa poche. Puis il se leva.

— Bonne nuit, les petits. C'est vous qui réglez l'addition, je suppose ?

Il déposa un rapide baiser sur le front d'Odile.

— Très obéissante, hein ? Donne-moi les clés de la voiture.

*
**

— Ne m'en veux pas, il faut vraiment que je parte.

Nadia le fixait, enfoncée dans son oreiller.

— OK, je sais que tu as des ordres, mais c'est dégueulasse quand même. Très dégueulasse. Tu ne me fais pas confiance.

Une demi-heure plus tôt, il avait appelé la Maison. Devant elle. Après s'être excusé. Il ne pouvait prendre aucun risque. Elle en pinçait peut-être plus qu'elle ne le disait pour le dénommé Abdou. Et elle l'avait entendu demander une équipe pour se relayer chez elle jusqu'à nouvel ordre. Interdiction de sortir. Et surtout de téléphoner. L'insulte.

On sonna et deux flics de base entrèrent. Gênés. Nadia répondit sèchement à leur bonsoir.

— Tu me revaudras ça, lança-t-elle à Boris.

Il s'arrêta sur le seuil et, de dos.

— Je t'en prie. Quand tout sera réglé, tu pigeras. Et cette fois, c'est moi qui t'inviterai à dîner.

Elle attrapa son oreiller et le balança dans sa direction.

— Salaud ! Salaud !

Boris parti, le plus vieux des flics lui sourit :

— Allons, la petite dame, ce n'est pas de sa faute, il a des ordres.

Elle le fixa, exorbitée :

— Sortez de ma chambre !

CHAPITRE IX

Le chauffeur du taxi était un vieux pépère au bord de la retraite. Il n'arrêtait pas d'observer la dame si élégante en capeline bleu marine et chapeau à voilette qui l'avait hélé place des Vosges. Elle oscillait de la tête sur la banquette arrière, l'air épuisée.

— Ça ne va pas, Madame ? finit-il par demander.

Odile eut un sursaut. Les trois clients ne lui avaient pas laissé une minute de répit.

— Oh, ce n'est rien. La grippe...

Le chauffeur changea de vitesse.

— C'est l'époque des grippes, fit-il, compréhensif. Vous auriez dû faire comme moi. Je me fais vacciner tous les ans en octobre. Et je me bourre de vitamine C.

— Je vous en prie, accélérez.

Le chauffeur leva les mains, impuissant.

— Qu'est-ce que vous voulez que j'y fasse ? Il y a une manifestation. Regardez. Quelle époque...

Odile eut envie de pleurer. Elle se recroquevilla. Elle tremblait. Et pourtant le taxi était ultra-chauffé.

*
**

Le concierge de l'immeuble d'Abdou était un curieux de nature. Dès la sortie des poubelles, il avait repéré les voitures des flics en planque. Et les regards vrillés sur sa porte à lui. A midi, il n'y tint plus et il alla se présenter à la première voiture. Un petit chauve moustachu à lunettes Amor baissa la vitre.

— Excusez-moi, fit le concierge. Je vois qui vous êtes. Moi je suis le concierge de l'immeuble qui paraît vous intéresser beaucoup. Si je peux vous aider ?...

Boris se pencha :

— Vous avez un Noir dans votre immeuble ? Jeune, très grand.

Le concierge leva les bras au ciel.

— Je veux. Un dénommé Abdou. Ça n'arrête pas le défilé des filles. Les voisins se plaignent, vous savez.

Boris prit l'air compréhensif.

— Vous l'avez vu il y a longtemps ?

— Ah ça non ! Hier soir. Il est arrivé en taxi. Le taxi l'a attendu en bas. Et le Noir est redescendu avec deux valises. Même que je me suis dit : « Si tu pouvais retourner au pays, ça ferait plaisir à tout le monde. »

— Merci, fit Boris d'une voix lasse. Merci.

*
**

Odile venait à peine de se jeter en croix sur son lit quand la sonnerie du téléphone lui vrilla les tympans.

Elle chercha le combiné à tâtons et ne réussit qu'à le faire tomber sur la moquette. Elle le rattrapa au jugé. C'était le plein jour, mais elle avait des voiles gris devant les yeux.

— Il est midi et demi, je t'appelle depuis une demi-heure. Où as-tu été traînée ?

Elle bredouilla ses explications. Les manifestations, le taxi coincé. Elle s'excusait, ce n'était pas de sa faute.

— Bon, ça va pour cette fois-ci.

Il y eut un silence.

— Tu m'aimes ?

Elle jura que oui, plusieurs fois.

— Très bien. Dors maintenant. Je rentre à dix heures.

Elle raccrocha au jugé et sombra aussitôt.

***

Dans le studio de la rue de la Faisanderie, Boris se tourna vers les deux flics.

— Vous pouvez repartir.

Une fois resté seul avec Nadia, il lui redemanda encore de l'excuser pour son manque de confiance. Elle le fixait, toujours aussi sur ses gardes.

— J'ai parlé avec le patron. Il m'a autorisé à tout te raconter. On risque gros, mais je lui ai juré qu'on pouvait te faire confiance. Voilà.

Quand il eut terminé, Nadia se jeta dans ses bras.

— Pardon de t'avoir haï.

Elle lui mangeait le cou.

— Abdou reviendra chez lui. C'est sûr. Il ne se doute de rien.

Boris haussa les épaules.

— Nadia, toute cette affaire a créé une tempête dont tu ne peux pas avoir idée, à la police et au gouvernement. Vous tous, dans le milieu, il y va de votre intérêt de tout faire pour nous aider à retrouver Abdou. Puis la fille dont le prénom commence par O. Sinon, tu ne peux pas savoir les vagues. Vous allez tous y passer.

Elle se redressa :

— Compris. Je me mets en chasse. Fais-moi confiance.

⁂

Vers seize heures, Abdou sortit de chez son receleur noir de la rue Quincampoix. Il sifflotait. Il avait en poche six millions en coupures neuves. Le prix de revente des diamants bruts. Il remonta dans la BMW et il se mit à rouler au hasard, faisant des calculs. Quel coup de bol il avait eu ! Et cette conne d'Odile, retournée comme un gant, et qu'il allait presser comme un citron jusqu'à ce qu'elle crève au tapin. Qu'est-ce que les femmes sont bêtes... Quand il reprit conscience, il sourit : c'était drôle : il était place Vendôme. Il avait conduit jusque-là au jugé. Il observa la façade : Mauboussin. Une bijouterie où il n'était jamais entré... Il chercha une place pour la BMW. Impossible. Tout était pris. Il finit par en trouver une, sur les clous, au coin de la rue de la Paix et de la rue Daunou. Maintenant, il regardait les montres. Sa passion. Il en avait déjà quatre, toutes plus somptueuses les unes que les autres, mais pourquoi ne pas ajouter à sa collection cette montre-là, derrière la vitre, avec un rubis au centre des aiguilles, plus un rubis à la place de chaque chiffre ? C'est chic, le rubis.

Il entra.

*
**

La vendeuse examina le poignet d'Abdou.

— Elle vous va très bien, vraiment très bien.

C'était une jolie petite gosse toute jeune, l'air doux. Le flair de maquereau d'Abdou lui hurlait que s'il n'avait pas eu quelque chose de sérieux en main, il se serait bien débrouillé pour l'inviter à dîner.

— Je prends, fit-il.

Il plongea la main dans sa poche. Et soudain, il se rappela qu'on n'a pas le droit de payer en liquide au-dessus de dix mille francs. Or, la montre faisait beaucoup plus que ça.

Il sortit la carte au nom d'Omar Keresso. La carte qu'il n'avait pas déchirée. Déchirant la sienne à la place comme ça, devant Odile. Poussé par la cupidité.

La vendeuse marqua le coup, comme toutes les autres, en voyant la barre transversale. Elle prépara ses papiers et les introduisit dans la machine électronique avec la carte, puis elle pressa du toucher. Aussitôt, un cadran s'illumina avec ces lettres en rouge : « Refusé ».

Abdou verdit.

— Qu'est-ce que ça signifie ?

La vendeuse se figea :

— Je ne comprends pas, Monsieur...

Un vendeur d'une cinquantaine d'années s'approcha.

— Quelque chose cloche, Eliane ?

Eliane eut un rapide coup d'œil vers lui.

— Oui, Monsieur. La carte Gold barrée de Monsieur est refusée.

Abdou se précipita :

— C'est ridicule ! Je vais me plaindre ! Rendez-moi cette carte.

Le vendeur fut plus rapide que lui et il attrapa la carte.

— Désolé, Monsieur. Nous avons des accords avec les organismes de crédit. Une carte refusée doit être déchirée immédiatement.

Abdou roula des yeux :

— Rendez-moi cette carte !

Une voix sèche dans son dos le fit s'immobiliser.

— Il y a un problème, Monsieur Dubois ?

Abdou vira lentement : un vigile. Alors, il se rua dehors en le bousculant et fonça vers la rue de la Paix. Le vigile hurlait derrière lui sur le seuil.

A l'angle de la rue de la Paix et de la rue Daunou, il stoppa, le cœur battant dans la poitrine : un camion grue était en train d'enlever la voiture. Il se remit à courir.

— Hé ! C'est ma voiture !

Les employés le fixèrent, goguenards.

— Et alors ? Faudra la chercher à la fourrière.

Abdou essaya de se faire gentil.

— Soyez chics, les mecs, je règle tout de suite.

Il eut un petit sourire.

— Je peux même rallonger un peu...

Pas de chance : le chef était un pur et dur.

— Tu te fous de nous ? hurla-t-il. Et d'abord, qui nous dit qu'elle est à toi, cette bagnole ? Tu as l'air bien jeune pour te payer un truc pareil.

Abdou sortit les clés et les lui montra.

— Tu as les clés ? Et alors ? Tes papiers correspondent à la carte grise ?

— C'est la voiture de mon amie, balbutia Abdou, décomposé.

— Ah tiens, la bagnole de ton amie ? On range la bagnole de son amie sur les clous et on essaye de jouer au petit malin...

Au même moment, une 205 stoppa à leur hauteur. Deux policiers en sortirent, se ruant tout à coup en avant : le Noir s'était mis à sprinter. On ne rattrape pas un Noir de vingt ans à la course...

Un quart d'heure plus tard, au commissariat du quartier Gaillon, 5 rue d'Amboise les deux policiers faisaient le rapport de leur ronde. Avec, entre autres, une demande de contrôle sur une certaine BMW 728 I mise à la fourrière. Au cas où elle aurait été volée... Ce qui paraissait très probable.

***

Eliane releva le visage vers le policier si beau, le sosie tellement parfait d'Alain Delon en plus jeune — bien plus jeune.

— Oui Monsieur, il ressemblait à Carl Lewis. Avec un anneau dans l'oreille gauche.

Décidément, elle était dans sa journée des sosies...

Boris se tourna vers le vendeur et le vigile.

— Il est monté dans une voiture ?

— Non, fit le vigile. Il est parti en courant vers la rue de la Paix, côté Opéra...

***

Il y a des moments où la fatigue est telle qu'on ne peut pas dormir. On a beau lutter, se dire qu'il faut se reposer à tout prix, rien à faire. Le sommeil ne veut plus de vous. Vers quatre heures, Odile avait dû se relever. Elle était allée prendre un bain bouillant. Puis elle s'était lavé les cheveux. Elle n'allait jamais chez le coiffeur. Elle avait la chance de boucler naturellement. Un coup de séchoir et hop, le tour était joué.

Elle s'examina le ventre. Les racines de sa toison recommençaient à pointer. Il allait falloir réfléchir à ça. On ne peut arracher avec la cire que si ça a suffisamment repoussé... Restait la solution de se faire épiler électriquement. Ça existait. Il faudrait demander la permission à Abdou.

A la seule évocation du nom de son julot, elle se remit à trembler délicieusement.

Elle se coiffa au séchoir électrique puis elle se remaquilla. Elle rêvait. Est-ce qu'elle aurait cru la voyante qui lui aurait dit un jour qu'elle deviendrait à vingt-cinq ans l'esclave sexuelle d'un Noir de vingt ans beau comme un Dieu ? Non, bien sûr. Elle lui aurait ri au nez. Et pourtant, c'était arrivé.

Elle se dirigea vers le living. Elle avait envie d'une cigarette. Elle prit un paquet et planta mécaniquement une Dunhill entre ses lèvres. Elle fit claquer le briquet et s'arrêta. Ha... Abdou interdisait qu'elle fume... Elle remit la cigarette dans le paquet. Puis elle jeta un coup d'œil à la pendulette sur la table de nuit. Cinq heures. Encore quatre heures à attendre le retour d'Abdou. Elle mourait d'envie de lui. De son merveilleux sexe toujours dressé. Elle se coucha sur le lit et sa main se plaqua à son ventre, tellement lisse désormais. Sa main cherchait le clitoris. Elle retira sa main. Il faudrait demander à Abdou la permission de se caresser quand elle était seule. Elle ne pouvait pas se permettre de le faire sans sa permission. Et elle n'était pas sûre du tout qu'il lui accorde la permission.

Elle se releva et mit une cassette qu'elle arrêta aussitôt, ce n'était pas de musique qu'elle avait envie. Mais d'Abdou. Rien que d'Abdou.

Elle s'immobilisa. Et si elle lui préparait une surprise ? Un petit dîner à deux. Vodka, caviar et blinis, par exemple. La Maison du Caviar était tout près... Ça ne lui prendrait que vingt minutes maximum aller-retour.

Elle s'assit sur le rebord du lit. Pauvre idiote qu'elle était... Elle n'avait plus un biffeton. Et plus de voiture...

Elle se releva. Elle était une gagneuse ou quoi ? Elle se prépara. Vison comme avant et nue dessous. Et elle sortit gagner son dîner.

***

Dans le hall du palace où Max, l'autre nuit, il y avait des siècles, l'avait branchée sur King-Kong, elle leva un gros Arabe esseulé. Ils discutèrent. La seule chose qui intéressait l'Arabe, c'était la sodomisation. Ils convinrent d'un prix pour une heure dans sa chambre : quatre mille. A la fin son client lui rallongea mille francs de pourboire.

Elle ressortit, les reins en feu et fonça à la Maison du Caviar où elle prit trois cents grammes de Beluga, un paquet de blinis à réchauffer et une bouteille de vodka. Puis elle fit un détour jusqu'à la rue Marbeuf et s'offrit pour cinq cents francs de roses Baccarat. Et elle remonta chez elle. Après être passée aussi chez Pleinier, rue François-Ier, pour prendre une charlotte à la framboise.

Là-haut, elle disposa de jolis napperons sur la table basse du living. Puis les roses un peu partout. Elle mit la vodka et le caviar au frigo avec la charlotte. Et elle se prépara. Guêpière remontant les seins, bas noirs à résille et pas de culotte.

Puis elle se parfuma. Et elle attendit.

***

Abdou avait abouti dans un cinéma, boulevard des Italiens. Et il avait commencé à réfléchir. Il était peut-être capable de perdre la tête devant une montre constellée de rubis mais pour le reste, il savait raisonner. Il voyait ça comme si il y était : quand les deux policiers allaient faire leur rapport, leur commissaire n'aurait pas besoin d'être très malin pour être intéressé par sa description. Le profil type du voleur de voitures. Tandis qu'il mettrait en route la recherche de propriété de la voiture, au fichier des cartes grises, il mettrait en route aussi sa propre recherche à lui. Ça remonterait de service en service et fatalement, quelque part, le tilt se produirait. Le rapprochement entre ses deux fuites, à dix minutes d'intervalle et cinq cents mètres de distance. Un : chez Mauboussin. Deux : rue Daunou. Après, ça s'enchaînerait en cascade, vu le nom de la carte de crédit.

Et automatiquement, les flics remonteraient jusqu'à Odile...

Que tous les vendeurs et vendeuses des boutiques de luxe où ils s'étaient servis des cartes, sans compter *Maxim's* et autres restaurants, reconnaîtraient...

Problème donc, désormais : Odile.

Quand il ressortit du cinéma, sa décision était prise. Il héla un taxi.

***

La clé tourna dans la serrure plus tôt qu'annoncé. Vers neuf heures trente. Odile devina tout de suite qu'Abdou n'était pas dans son état normal. Elle se rua en avant.

— Il s'est passé quelque chose ! Dis-moi quoi ! Dis-moi !

Il alla s'asseoir dans le canapé et il alluma une cigarette.

— Mais non. Tu débloques. Il n'y a rien, je t'assure.

Elle s'accroupit à ses pieds, seins ballottés dans les balconnets qui les offraient.

— Je ne suis pas folle.

Il fit le tour de la pièce des yeux.

— Qu'est-ce que c'est que ces fleurs ! Tu vas m'expliquer ?

Elle lui attrapa les mains et se mit à les couvrir de baisers.

— Je me suis réveillée plus tôt que prévu. J'ai voulu te faire une surprise. Je suis ressortie. J'ai levé un Arabe. Il m'a enfilée. Cinq mille avec le pourboire. J'ai acheté du caviar et tout le reste. Il y a encore mille cinq cents sur la table de nuit, là-bas.

Un petit dîner à deux, juste un petit dîner à deux. C'est bientôt Noël. On prend un acompte.

Abdou poussa un soupir.

— C'est ça, on prend un acompte.

CHAPITRE X

Boris prit la Celtique maïs que lui tendait Charlie Badolini. Et ils s'intoxiquèrent tous les deux en silence. Dans leur dos, Aimé Brichot fixait la pointe de ses Church cirées nickel.

Tout à l'heure, le patron avait piqué sa colère désormais biquotidienne. Sur un ton au-dessus. Il écumait presque : au ministère de l'Intérieur, ses actions commençaient à dévaluer fortement...

Cette fois la situation n'était plus tragique. Elle était désespérée. L'étalon noir et la fille se savaient désormais traqués. Fabuleux : une prostituée de luxe se baladait dans Paris, complice d'un meurtre et coupable d'un autre, et eux, les superflics de la Brigade Mondaine, ils étaient incapables de lui mettre la main dessus.

Elle était là, dans Paris. Où ?...

Et plus question d'espérer retomber sur le dénommé Abdou. Il devait se planquer désormais. Chez elle. Mais où ?

Où, bon Dieu !

Toutes les prostituées de luxe au prénom commençant par O avaient été contrôlées. Une à une. On en était arrivé, par élimination, à sept correspondant à la description. Blondes, élancées, beaucoup de classe. Et spécialistes du martinet-cordelette et autres babioles. Elles avaient toutes pu donner un alibi la nuit du meurtre d'Omar Keresso. L'une avait fêté son anniversaire dans une boîte à la mode et la personne avait confirmé. Deux autres étaient avec leurs clients attitrés. Dont on avait obtenu les noms. Et qui avaient fait une drôle de tête, entre parenthèses... Quant aux quatre autres, manque de chance là encore, elles avaient participé à une soirée spéciale avec du beau monde très huppé. Où la police avait un indic.

Il y avait des moments où Boris se demandait si Nadia-Odile ne le menait pas en bateau. Mais non... Elle ne lui aurait pas balancé Abdou.

Au même moment, le commissaire du quartier Gaillon repassa au bureau avant de rentrer dîner chez lui.

— Quoi de neuf ? fit-il à son adjoint.

Celui-ci haussa les épaules.

— La routine : un casse chez Brentano's. Ils ont pris la caisse. Trois suicides. Une voiture volée... Je poursuis ?

Son supérieur fit signe que non.

— Allez, tchao, bonne nuit. On s'occupera de tout ça demain matin.

Il ressortit. La chance venait encore une fois de passer à côté pour Boris. Si le commissaire avait été là quand les deux policiers de la voiture de ronde avaient parlé du Noir et de la BMW 728 I, ça lui aurait fait tilt : il faisait partie des rares flics au courant de l'affaire Omar Keresso. Elle n'avait été divulguée que jusqu'au grade de commissaire dans les services.

C'est instantané d'identifier le propriétaire d'une voiture dont on a le numéro : il suffit de pianoter les touches de son ordinateur, relié directement au service des cartes grises. Et le nom d'Odile et son adresse étaient inscrits sur le rapport...

⁂

Odile resservit de la vodka à Abdou.

— Tu ne manges rien. Ce n'est pas bon ?

Il vida cul sec son verre.

— Mais si...

Elle se lova à ses pieds.

— Tu es malade ?

Les yeux dans le vide, il paraissait très absorbé. Donc, ça n'allait vraiment pas.

Elle lui embrassa les mains.

— Toi, tu me couves une grippe. Tu as les mains bien chaudes.

Il sauta sur l'occasion.

— Tu dois avoir raison. J'ai mal partout.

Odile se releva :

— Je vais te chercher de l'aspirine.

Il soupira...

— Bonne idée, merci.

A peine arrivée dans la cuisine, elle pensa à quelque chose. Un grog, ça lui ferait du bien. Elle était toute remuée. Pauvre Abdou... C'est dur, l'hiver européen quand on a passé sa jeunesse sous l'Equateur. Elle revint en arrière et se pointa sur le seuil de la cuisine ; le rhum était au living. Elle s'immobilisa aussitôt, incapable de dire ce qu'elle voulait dire.

Là-bas, Abdou s'était levé. Plus l'air malade du

tout. Il tirait l'un après l'autre les tiroirs du petit secrétaire. En faisant attention à ne pas faire de bruit. Odile avait l'impression que tout son sang se concentrait dans ses tempes : Abdou venait de sortir d'un tiroir ce qu'il cherchait : le petit pistolet Bernadelli. Il l'attrapa et il vérifia rapidement qu'il y avait encore des balles dans le chargeur. Il remit en place le chargeur et manœuvra le mécanisme d'armement. Puis il vérifia que la sécurité était bien dégagée. Et il retourna s'asseoir. Posant le pistolet dans son dos sous les coussins du canapé. Et il se resservit de la vodka.

Odile se recula dans la cuisine et s'appuya dos au mur. Elle haletait. C'était comme si le ciel lui tombait sur la tête. Les pensées se télescopaient dans sa tête. L'air bizarre d'Abdou en rentrant... Et sa sueur aussi... Elle y pensait seulement maintenant : jamais il n'avait senti le Noir comme ça. Comme Omar. Il s'était passé quelque chose. Mais quoi ?

L'eau bouillait. Odile mit deux sucres dans le verre, une cuiller dedans. Elle tremblait. C'était comme si tout s'écroulait. Pour qui d'autre que pour elle Abdou avait-il préparé le pistolet ?... Il s'était fait surprendre. Tout était fichu. Elle devinait avec une lucidité atroce : il allait la tuer. Pour qu'elle ne parle pas quand les flics arriveraient. Et elle lui avait tout donné ! Son butin. Sa fierté. Elle portait sa marque tatouée. Et le collier. Elle s'était livrée à lui comme une esclave bienheureuse. Et il allait la tuer... Pour s'enfuir avec la fortune. Ah ! Ça n'était pas possible !

Max déjà, et puis lui maintenant ! Quelle connasse elle était ! Ses yeux se dessillaient. Brusquement, son collier la brûlait. Et elle avait une honte à hurler de porter au ventre ce tatouage indélébile. Le salaud, le salaud... Comment elle avait pu se faire avoir comme ça ? Elle, l'ex-pute libre et fière devenue obéissante comme une chienne parce qu'il était beau et la baisait bien.

Elle prit un plateau et disposa dessus le verre fumant, avec la boîte de cachets d'aspirine à côté. Elle était tout à fait calme désormais. Ce serait lui ou elle. Il n'y avait pas d'autre solution.

En ressortant de la cuisine, elle se rappela que, nue, elle devait garder les yeux baissés. Ça lui fit comme un coup de cravache dans les reins. Ah non ! Plus jamais ça ! Plus jamais ! Qu'est-ce qui lui était arrivé ? Roulée dans la farine, esclavagisée... Non ! Non !

Elle eut un effort de volonté terrifiant et elle entra dans le living, les yeux baissés. Elle versa du rhum dans l'eau bouillante. Puis elle s'agenouilla devant Abdou. Il jouait très bien les malades, en se prenant les tempes à deux mains. Odile lui présenta le plateau.

— Bois, mon amour, bois...

— Approche, fit-il. Tu es trop loin.

Odile serra les dents et obéit. Mais elle se prit le genou droit dans le tapis. Exprès. Et parfaitement bien imité. Le plateau se balança. Elle « essaya » de le rattraper. Et le projeta d'une détente violente vers Abdou. Il se mit à hurler, visage inondé par le grog bouillant.

Quand il réussit à reprendre souffle, Odile était debout devant lui, seins secoués par un halètement, mains dans le dos.

— Salope ! hurla-t-il. Tu vas me le payer.

Sa main droite se projeta dans son dos, à la recherche du pistolet.

— Ne te fatigue pas, fit Odile en le fixant droit dans les yeux. Il est ici.

Il s'exorbita : le canon était pointé sur lui. Il s'essuya lentement le visage.

— Odile, ma chérie, tu deviens dingue.

Elle ricana :

— Ça suffit. Terminé le numéro de charme. Raconte.

Abdou frissonna. Il avait l'impression que ses joues cramaient. Et son œil gauche pleurait, injecté de rouge.

— Mais je n'ai rien à raconter, essaya-t-il encore.

Elle se recula, le dos à la fenêtre :

— Je t'ai vu chercher le pistolet. Raconte, ou je commence par t'en foutre une dans les couilles.

Il releva la tête.

— OK, je te rends tout.

Elle rit.

— Raconte d'abord.

Il raconta. Tout. La carte gardée. Mauboussin. Le camion-grue et la suite. Puis il jura qu'il ne voulait pas de mal. Le pistolet, ça n'était que pour ressortir piquer une voiture. Et l'emmener hors de France. Elle l'écoutait en se demandant comment elle avait pu marcher à son charme d'avant. Il se révélait tel qu'il était. Un gosse vicieux. Elle ne le trouvait même plus beau.

— Mets-toi à genoux, fit-elle. Demande-moi pardon.

Il obéit et il demanda pardon.

— Tu réalises un peu ta connerie avec la carte ? reprit-elle d'une voix saccadée. Les flics ont ma bagnole. Ils vont me retrouver. Ils sont peut-être déjà en route. Tu as tout fichu par terre. Tu es un petit con. Un sale petit con.

Elle vacillait. Il se prépara à sauter. Il se bloqua ; le canon du pistolet se repointait sur lui.

— Et je n'ai même plus de bagnole, à cause de toi, siffla-t-elle. Je l'aimais bien, ma BMW. Tu ne peux pas comprendre. Je me la suis payée, avec mon cul.

— Odile, hurla Abdou. Non, non !

Elle avait mis la radio au maximum et elle avait tendu le bras. Et elle visait. La balle atteignit Abdou entre les deux yeux.

Après, il y eut, pendant une demi-heure, une fille nue en pleine hystérie avec dans ses bras le corps d'un Apollon noir de vingt ans qui faisait merveilleusement l'amour. A l'époque où il vivait encore.

Peu avant onze heures du soir, elle reprit le contrôle d'elle-même. Elle traîna le corps d'Abdou jusqu'au lit, elle le souleva et elle l'étendit dans les draps. Elle lui ferma les yeux et elle lui joignit les mains sur la poitrine. Puis elle récupéra tout le butin et le mit dans un sac où elle enfourna aussi quelques affaires de première nécessité. Plus le pistolet. Là aussi, elle avait récupéré la douille.

Elle sursauta comme si la foudre l'avait frappée : le téléphone. Elle hésita longtemps avant de décrocher. Puis elle se décida.

— Odile ? fit une voix d'homme chaude et grave.

— Oui, fit-elle, le cœur battant la chamade.

— Abdou est là ?

— Non... Qui êtes-vous ?

Il y eut un petit rire à l'autre bout du fil.

— Vous ne vous souvenez pas de moi ? Le mari de Claire. La mansarde de la rue de la Trinité.

— Ah ! fit Odile. Ça y est...

— Parfait. C'est une chance que je vous trouve chez vous. Figurez-vous que mon épouse a beaucoup réfléchi depuis notre rencontre. Elle voudrait vous revoir. Le plus vite possible, je suis peut-être indiscret et il est tard. Mais votre nuit ne serait-elle pas libre par hasard ?

Odile recula le combiné de son oreille. Elle réfléchissait à toute vitesse. Abdou mort dans son lit... La police qui allait débarquer... Il fallait fuir... Elle reprit l'écouteur.

— Vous savez que vous avez de la chance ! fit-elle « gaiement ». Cette nuit, Abdou sort avec des amis. Et moi j'ai prévu de rester sagement à la maison... Après tout, je peux lui laisser un mot.

— C'est ça, laissez-lui un mot. Et venez tout de suite. Vous connaissez l'adresse ?

Odile ne prit que son vison avec elle. Et le sac. Sur le seuil, elle jeta un dernier regard à son appartement. Abdou paraissait dormir, le visage peint en rouge couleur sang. Elle frémit et sortit sur le palier. Une partie de sa vie était terminée. Désormais, elle n'était plus qu'une double criminelle en fuite. Une triple même, si on comptait le meurtre du Gabonais. Mais elle ne partait pas sans biscuits. Une fortune en dollars dans son sac. Et les chiffres d'un compte numéro à Genève. Tout n'était plus qu'une question de chance.

***

Boris s'était couché tôt, épuisé par ses problèmes. Et maintenant, il nageait dans un cauchemar. Plein de Noirs, de prostituées et de supérieurs qui lui criaient tous : « Tu es viré. Viré. Tu es un incapable ». Et une sonnerie de téléphone lui vrillait les oreilles. Inlassablement

La sonnerie insistait tellement que Boris finit par tendre inconsciemment la main. Il décrocha et il porta l'écouteur à son oreille.

— Tu pionces déjà à cette heure, s'exclama une voix féminine.

Boris se souleva dans son lit, ahuri. Qu'est-ce qui se passait ? Il alluma. Ah ! la réalité...

— Tu es muet ou quoi ? C'est Nadia !

Déjà, il refaisait surface.

— Excuse-moi...

A l'autre bout du fil, la voix se fit affectueuse.

— Je te préfère en état de conscience. Bon, prends un crayon et du papier. Et note !

Il nota. Un prénom et un nom de femme et une adresse. Le prénom était Odile.

— Le tuyau m'a été fourni par une ex-copine d'Abdou, reprenait Nadia. Il l'a plaquée il y a une petite semaine. Elle a voulu savoir avec qui.

Tout de suite après avoir raccroché, Boris réveilla Aimé Brichot. Puis Charlie Badolini. Puis Rabert, de garde quai des Orfèvres. Une demi-heure plus tard, quatre voitures de flics s'arrêtaient, rue Galilée, devant l'immeuble d'Odile Legrand, vingt-cinq ans, « étoile filante » de son métier et criminelle hors pair.

***

Raymond la Science, le spécialiste de toutes les techniques de la Brigade Mondaine, se recula, rangeant dans sa sacoche son trousseau de passes.

— A toi l'honneur, fit-il vers Boris.

Personne n'avait répondu quand ils avaient sonné.

Ils se bloquèrent tous sur le seuil du living-chambre à coucher : Abdou. Mort. Mains jointes sur la poitrine dans le lit.

Aimé Brichot fut le premier à repérer un catalogue de couture dans un placard. Une maison spécialisée dans des tenues cochonnes. Il feuilleta. La libido d'un homme a ses secrets. Il se bloqua devant une page de gauche. Une fille en capeline ouverte sur sa poitrine nue et écartant les pans de sa jupe sur son ventre nu. « Idéal pour grandes bourgeoises salopes », disait une légende dans un bandeau de biais.

Boris s'approcha.

— Ne me dis pas que tu veux acheter ça à Jeannette.

Aimé Brichot rougit violemment à sa façon. D'abord les joues, puis le front, puis les oreilles. Mais déjà, Boris lui arrachait la revue.

— Minute, fit-il, j'ai vu un truc...

Il se précipita vers le placard... Et il en sortit la capeline et la jupe d'Odile. Exactement semblable à celle de la photo.

— Ah, voilà qui est intéressant, murmura-t-il.

Il se retourna. Les photographes-flics flashaient partout. L'appartement était sens dessus dessous.

Sur le secrétaire, il y avait une photo d'une gosse blonde comme les blés de douze ou treize ans avec des nattes. Déjà très jolie. Elle vous fixait avec un air décidé. Boris prit la photo.

— Tu es vraiment mal barrée toi, aujourd'hui...

*
**

Rue La Fontaine, au cinquième étage d'un de ces immeubles datant d'avant la guerre de 14-18 qui portent en façade le nom de l'architecte, les volets étaient fermés sur le grand salon au parquet ciré et classiquement coupé en deux par une double porte vitrée toujours maintenue ouverte. L'appartement d'Hubert de la Payère, haut fonctionnaire rue de Varenne, marié une première fois, divorcé et remarié. Sa première épouse avait été une emmerdeuse forcenée. Le flop sexuel total. L'idiote. Elle ne voulait pas partouzer. Après son divorce, il avait repéré un jour, au mariage de la fille d'un confrère, Claire, dix-neuf ans, frêle, timide. Et dépucelée derrière un buisson à la hussarde, juste après le départ des mariés. Il l'avait épousée en septembre dernier. Et il avait vite pigé qu'il avait mis le doigt sur le gros lot, outre la fortune des parents, possesseurs de vignobles bordelais ; Claire était de la race qu'on dresse.

Hubert croisa ses longues jambes dans son fauteuil Régence et se tourna vers Odile.

— Qu'en penses-tu ?

Odile était debout. Comme Mme Hubert de la Payère. Entièrement nues toutes les deux.

Odile se reporta d'une jambe sur l'autre.

— Je suis jalouse, murmura-t-elle.

Le haut fonctionnaire partit d'un fou rire très mondain en observant son épouse, née Robier des Longchamps et munie de quatre quartiers de noblesse. La très jeune femme portait un collier très épais et très large. Et l'anneau qui y pendait était lui aussi beaucoup plus épais, beaucoup plus large et beaucoup plus lourd que celui d'Odile. Frêle et mince, à la limite de la maigreur, comme l'était Claire, ça donnait un effet ahurissant de sauvagerie.

Claire n'était pas épilée. Et il n'y avait aucun tatouage de ce côté-là.

— Tourne-toi, fit son mari. Montre ton cul à Odile.

Sur la cheminée, un cartel tintait. A sa gauche et à sa droite, des vases de Chine. Des revues d'art et d'économie traînaient sur la table basse. La rue La Fontaine ronronnait en bas. Odile rouvrit les yeux : Claire lui présentait ses fesses. Tatouées. Et elle pouvait lire ceci, en lettres gothiques : « Propriété d'Hubert de la Payère, olé ! »

— Ça m'a coûté dix mille, commenta le haut fonctionnaire.

Odile le laissa continuer à parler, s'exalter sur le fait que leur rencontre, rue de la Trinité, avait été décisive pour Claire et pour lui. Ils étaient convenus qu'ils avaient besoin d'elle, Odile. Bien sûr, ils payeraient. Il n'y avait aucun problème de ce côté-là. La seule chose qui comptait, c'était qu'Odile apprenne son métier à Claire.

Odile écoutait. Et elle pensait à tout autre chose. Les jours à venir, les heures à venir... Il fallait fuir, se cacher avant de fuir. Pourquoi pas ici ?

Mais déjà, Hubert de la Payère exprimait le souhait qu'elle lui fasse une fellation devant sa femme. Pour lui apprendre. Et elle accepta. Odile se mit à genoux. Puis elle déboutonna le bourgeois. Elle le sortit. Elle le flatta tout autour avec sa bouche et sa langue. Puis elle l'avala peu à peu, se plaçant de trois quarts par rapport à Claire.

Hubert commentait.

— Regarde bien, elle cherche à faire durer. Regarde. Elle se redresse. Elle me présente sa bouche, c'est pour que je vois bien où je vais me réintroduire. Elle replonge. Elle fait attention à ce que je n'explose pas trop vite... là... Elle fait attention.

Claire observait, yeux dardés. Elle n'en pouvait déjà plus.

— A moi ! cria-t-elle. Je veux terminer !

Hubert agita l'index de droite à gauche.

— Non, ma chérie, ce soir, tu regardes et tu apprends.

***

Ils soupèrent au champagne. Hubert riait.

— Je voudrais savoir une chose. Combien ça me coûterait pour que tu restes ici quelques jours ? Combien de manque à gagner pour toi ?

Odile regarda ailleurs.

— Il faudrait demander à Abdou.

Hubert alluma un cigare de La Havane.

— Combien Claire pourrait me rapporter par mois ?

Odile souleva les épaules.

— Tout dépend de ce qu'elle a à offrir.

— Tu veux dire quoi ? Un enculage, par exemple, ça va chercher dans les combien ?

Odile avait décidé de jouer le jeu jusqu'au bout.

— Ça dépend. Trois mille si c'est à quatre pattes.

— Pourquoi à quatre pattes ?

— Parce qu'on entre plus profond.

Hubert attrapa sa femme par le sein gauche et tira.

— Tu entends ? Trois mille à quatre pattes.

Odile poursuivait son plan.

— Vous voulez que je vous dise tout ?

Ça, il voulait !

— Trois mille, ça n'est rien à côté du casse-noisettes. Là, ça peut chercher dans le double au moins, surtout avec les Arabes.

Il avait l'air de plus en plus passionné.

— C'est quoi, le casse-noisettes ?

Odile le fixa par en dessous :

— On ne va pas un peu trop vite avec Claire ?

Il chassa le problème d'un revers de la main.

— T'occupe. Explique.

Odile expliqua. Les muscles internes longuement exercés à s'ouvrir et à se refermer. Il existait des instruments appropriés pour ça.

— Lesquels ? haletait Hubert.

— On va chez madame Colette, reprit-elle, et on est installée sur l'instrument.

Hubert mangeait son cigare.

— J'y suis allée tous les après-midi pendant six mois, poursuivait Odile. Ça ressemble à une selle de cheval. Il y a un membre de plastique au milieu de la selle. On s'assied dessus. Puis madame Colette presse le bouton de commande. Le membre est spécial. Il gonfle et il se réduit alternativement. Quand il gonfle, c'est pénible. Mais on sait qu'il faut serrer les muscles pour qu'il se réduise. On serre. Il se réduit. Puis il regonfle. Puis on serre. Ça dure longtemps. Mais ça exerce les muscles, vous comprenez ? Au bout de six mois, on a les muscles parfaitement au point.

Hubert de la Payère écrasa son cigare.

— Va te coucher sur la table, et ouvre ton cul à deux mains. Toi, Claire, viens voir.

***

A trois heures du matin, il demanda à Odile de montrer à sa femme comment on réveille un homme en se caressant devant lui. Puis il lui demanda de remettre « casse-noisettes ». Claire se tordait les mains en les regardant. Son mari décida qu'ils allaient coucher tous les trois ensemble puisque Abdou n'appelait toujours pas.

— Tu peux rester ici autant que tu veux, dit-il à Odile.

Elle le remercia, essayant de voiler son regard de satisfaction.

Il se les paya encore tour à tour puis il s'endormit. Claire se lova contre Odile.

— Ne t'en va plus, bredouilla-t-elle.

A huit heures, le réveil les fit sursauter, hagardes. Hubert les fixait, rigolard, frais comme un gardon.

— A ce soir, les poulettes.

— Odile, téléphone à cette madame Colette. Je veux que Claire aie sa première séance aujourd'hui.

Il tendit la main vers le secrétaire Charles X.

— L'argent est là-bas.

***

En prenant son service, à huit heures et demie le lendemain matin, le commissaire du quartier Gaillou sursauta à la lecture du rapport de la veille. Un Noir de vingt ans avec un anneau dans l'oreille... Il décrocha aussitôt son téléphone et composa le numéro de la Brigade Mondaine.

*
**

A dix heures, Boris et Aimé débarquaient rue de la Trinité chez le Vietnamien spécialisé dans les vêtements cochons.

Le Vietnamien recula, blême en voyant les plaques de police.

— Je n'ai rien à cacher, je vous le jure !

— Ne paniquez pas, mon vieux. On n'a rien contre vous. Conduisez-nous à votre bureau.

Boris s'assit sur une chaise métallique et il tendit la brochure de pub de la maison. Ouverte à la page de la capeline et de la jupe spéciale.

— Vous en vendez souvent, de ce modèle ?

Le Vietnamien éclata de rire.

— C'est un de nos modèles les plus demandés.

— Je veux dire : récemment, reprit Boris.

Le Vietnamien se courba :

— Avant-hier, un couple. Elle était visiblement une prostituée. Le mac était un jeune Noir très beau.

— Vous avez entendu parler de Carl Lewis ?

Le Vietnamien se bloqua :

— Mais vous avez raison ! Le mac, c'était le sosie de Carl Lewis.

Boris le fixa :

— Rien d'autre d'intéressant à nous signaler ?

— Il y avait un autre couple quand ils sont

arrivés, s'empressa le Vietnamien. Et ils ont parlé. Même que les messieurs ont échangé leurs adresses.

Boris jeta un coup d'œil en coin à Aimé Brichot.

— L'autre couple, vous le connaissez ? fit-il.

Le Vietnamien se leva.

— Une seconde. Je vais chercher mes factures.

CHAPITRE XI

De l'autre côté de la haute fenêtre aux lourds rideaux, une pie sautait dans la pelouse du parc. On n'entendait aucun bruit. Difficile de se dire qu'on était en plein Paris, rue de Varenne.

Hubert de la Payère raccrocha son téléphone.

— Excusez-moi, fit-il, aimable, en direction de Boris et d'Aimé. C'était le Premier ministre.

Il sourit.

— En quoi puis-je vous être utile ?

Boris le fixa dans les yeux.

— Nous sommes désolés, Monsieur, de venir vous trouver. Et surtout de nous immiscer dans votre vie privée. Voilà. Il se trouve que l'autre jour, dans une petite maison de couture de la rue de la Trinité, vous avez fait la connaissance d'un couple, disons, un peu à part.

Le haut fonctionnaire partit d'un rire clair.

— Mon Dieu, vous avez des yeux partout, à la police. Bravo !

Il n'avait pas l'air démonté du tout.

— C'est exact, reprit-il. Pour ne rien vous cacher, j'étais venu avec mon épouse lui acheter quelques ensembles qui ne se trouvent que là. Et c'est vrai, nous avons fait la connaissance d'une jeune femme et de son compagnon, un jeune Noir très beau. La jeune femme était visiblement une prostituée et lui, son..., comment dirais-je ? protecteur.

Boris approuva.

— C'est cela. Il se trouve que nous savons aussi que vous leur avez donné votre numéro de téléphone.

Hubert de la Payère était toujours aussi paisible.

— Oui, je ne vous cache pas que mon épouse et moi nous sommes assez libres de mœurs. Le couple nous a intéressés pour une éventuelle rencontre.

Boris jeta un coup d'œil à Aimé.

— A-t-elle eu lieu, cette rencontre ?

— Non. Pas encore. Mais je compte téléphoner un de ces jours.

— Je crains, Monsieur, que cela ne serve à rien.

Hubert de la Payère marqua une légère surprise.

— Que voulez-vous dire ?

— Cette prostituée a tué son protecteur d'une balle en pleine tête. Hier soir.

Cette fois, le haut fonctionnaire marqua un peu d'émotion.

— Mon Dieu ! fit-il. C'est atroce. Qu'est-ce qui s'est passé ?

Boris continuait à le regarder droit dans les yeux.

— Je pense que je ne vous apprendrai rien en vous disant qu'un homme d'affaires gabonais très important a été assassiné et...

— Je sais, coupa Hubert de la Payère. Omar Keresso. Vous voulez dire que ?...

— Oui, il y a un rapport direct entre cette prostituée et le crime. Le complice du concierge de nuit, c'était elle. C'est elle aussi qui a tué le concierge. Puis ce jeune Noir prénommé Abdou. Le processus est facile à reconstituer. Cette prostituée, une dénommée Odile Legrand, et Max Bruneau, le concierge, ont eu besoin de la complicité d'un Noir pour se servir de plusieurs cartes de crédit Gold barrées qu'ils avaient volées à Omar Keresso. Nous ignorons évidemment les détails, mais Max a sans doute cherché à doubler Odile qui l'a éliminé. Puis elle a éliminé Abdou, sans doute pour la même raison. Il avait commis l'imprudence de se resservir d'une des cartes alors que nous les avions fait bloquer. A l'heure qu'il est, elle doit se cacher quelque part. Elle n'a aucune chance de s'en sortir et elle le sait sûrement. Impossible pour elle de demander de l'aide aux gens de son milieu. Ils ne sont pas idiots. Ils nous la donneraient tout de suite.

« Elle a sûrement beaucoup d'argent avec elle. On n'a retrouvé que de la monnaie dans la chambre d'Omar Keresso. Elle va essayer de passer la frontière. Et à notre avis, c'est en Suisse qu'elle ira. Keresso y faisait de fréquents voyages, vous voyez ce que je veux dire ?

— Parfaitement. Un compte numéro. Elle a dû trouver le chiffre sur lui. Maintenant, que puis-je faire pour vous ? Franchement, je ne vois pas.

Boris hésita un instant.

— Je vais être très franc, Monsieur. Odile a votre numéro. Elle va peut-être vous appeler et... Enfin, vous me comprenez, tenter de se réfugier chez vous quelque temps, en vous ayant au charme.

Hubert de la Payère émit un petit sifflement.

— Ça, elle en a... Bon, j'ai compris. Au cas où elle

m'appellerait, je vous mets tout de suite au courant.

Boris griffonna quelques chiffres sur un bout de papier et tendit celui-ci.

— C'est une ligne directe PJ. Le fonctionnaire qui vous répondra sera au courant.

Quand Boris et Aimé furent repartis, Hubert de la Payère alla s'appuyer à la vitre et il contempla très longtemps la pie sautillante. Odile avait beaucoup d'argent sur elle. Sûrement aussi les chiffres d'un compte numéro de milliardaire en Suisse... Tout ça méritait diablement réflexion.

Il alluma une cigarette et regarda l'heure à sa montre. Seize heures trente. Encore quatre heures à attendre avant de rentrer. Rarement le temps lui avait paru aussi long.

Il écrasa lentement sa cigarette dans le cendrier et il décrocha sa ligne directe :

— Claire ?... On dîne à la maison. On ne va pas chez les Ferret. Je décommande.

Rue la Fontaine, Claire raccrocha et alla se rasseoir à côté d'Odile.

— C'était Hubert. Chic, il décommande notre dîner en ville.

Elle se serra contre Odile, cherchant ses lèvres.

— Caresse-moi, murmura-t-elle d'une voix rauque. Et en même temps, raconte-moi comment tu es devenue pute.

***

En fin d'après-midi, Claire descendit faire ses courses. Très élégante et très sage dans son manteau beige à ceinture nouée. Elle n'avait rien mis dessous, par pur plaisir personnel. Une fois remontée, elle prépara le dîner, et Odile l'aida à mettre la table. Puis elles allèrent se baigner ensemble et se préparer. Odile demanda à Claire si elle pouvait lui prêter une robe. Claire se mit à rire :

— Mais tu es folle ! On reste nues. Hubert ne permet même pas de mules à la maison.

Hubert rentra vers neuf heures moins le quart.

— Mais c'est charmant tout ça ! s'exclama-t-il en les voyant. Allez me préparer un whisky au salon. Je vous rejoins tout de suite.

Il se dirigea vers sa chambre, puis bifurqua, une fois dans le couloir, et entra dans la chambre prêtée à Odile. Il trouva vite le sac en bas du placard mural.

Quand il se releva, il sifflotait. L'affaire devenait de plus en plus excitante.

***

Boris reposa son verre de Martini sur le comptoir du bistrot, près de la place Saint-Michel, et vérifia d'un rapide coup d'œil que personne d'autre qu'Aimé ne pouvait l'entendre.

— Une supposition que tu sois Odile Legrand, fit-il.

— Dur, dur, ironisa Aimé. Une pute chauve...

— Très drôle. Bon, tu es la fille, tu es en cavale, tu ne peux plus compter sur personne. Tu es seule, vraiment seule. Tu as un gros magot avec toi. Et, à supposer que tu l'aies trouvé, tu as un compte numéro en Suisse.

— Je cherche à passer en Suisse.

— OK. Mais tu sais que les flics ont retrouvé ta photo d'identité au fichier central. Et que ta concierge t'a reconnue sur la photo. La photo est dans les bureaux de douane de tous les aéroports et de toutes les frontières. Avec ton nom. Il te faut donc un faux passeport. Puis te transformer. Nouveau maquillage, nouvelle coupe de cheveux, etc.

Aimé se passa la main sur le crâne.

— Nouvelle perruque, tu veux dire.

Boris but une petite gorgée de son Martini.

— Pour avoir un faux passeport, il faut une adresse. Tous les fabricants de faux passeports sont des balances.

— Peut-être, mais une pute qui demande un faux passeport, ça vaut vraiment le coup de la balancer ?

— Oui, justement, parce que c'est du menu fretin pour eux. Ça justifie leur position avec nous. Ç leur permet de ne pas balancer du plus gros bigier. Par conséquent, il y a une chance qu'on l'ait par là.

— A condition, coupa Aimé, qu'elle ne l'ait pas déjà, son faux passeport.

Boris soupira :

— Evidemment. Mais il faut espérer que non. Comme il faut espérer qu'elle ne connaît pas une filière de revente de voitures volées. Au cas où elle voudrait fuir en voiture. Parce que, comme tu sais, même si elle est bourrée aux as en liquide, on ne peut plus rien acheter en liquide au-dessus de dix mille francs. Sauf par combine. Mais là, ça veut dire aussi : faux permis de conduire, fausse carte grise, etc. On revient toujours à la case départ : les fabricants de faux papiers.

« Passons à la suite ; de toute façon, ça prend du temps. Au moins deux ou trois jours. Question : elle les passe où, ces deux ou trois jours ? A l'hôtel ? OK. Mais c'est risqué. Il y a toujours un caissier ou un réceptionniste pour vous trouver l'air bizarre. Surtout quand on a l'air de ce qu'on est : une pute. Une planque de réseau ? Là, c'est se faire balancer à coup sûr. Tu sais, ça doit drôlement gamberger sur son cas, dans le milieu proxo. Ils sont fous de rage : on met le nez dans leurs affaires comme jamais. Ils doivent se remuer de tous les côtés pour la trouver les premiers et la liquider. Because le magot, en plus. Ils ont dû y penser aussi.

« Conclusion : tu te planquerais où, toi ?

Aimé remonta ses lunettes Amor, nouveau modèle sur son nez.

— Ne me dis pas à qui tu penses...

— Si. Hubert de la Payère et sa femme. C'est la solution la plus logique. Elle les contacte. Les autres vicelards ne demandent que ça. Elle se débrouille pour leur faire le grand jeu. Ça tient deux ou trois jours, ce truc-là.

Aimé se gratta la moustache.

— Il n'est pas dingue, le Hubert. Si elle lui téléphone, il nous prévient aussi sec. Il ne va pas risquer sa carrière pour un coup de queue.

Boris hocha la tête plusieurs fois.

— Tu l'as trouvé comment, ce type ?

— Ah ça, très bien. Très élégant. La super-classe.

Boris sourit :

— Bien sûr, mais encore ? Je ne sais pas, moi, mais je gamberge beaucoup à son sujet depuis qu'on l'a rencontré. Très maître de lui... Un self-control absolu. Quand même! Quand deux flics viennent mettre le nez dans votre vie privée et qu'elle est plutôt salope, on est un peu emmerdé, non? Tu as vu l'effet que ça lui a fait? Rien. Le pervers total. Ça crève les yeux.

— C'est vrai ce que tu dis, avoua Aimé, mais de là à planquer une pute impliquée jusqu'au cou dans l'affaire Keresso, il y a un pas.

— Ecoute, Mémé, depuis que tu bosses à la Mondaine, tu en as vu défiler, des pervers. Pour eux, rien ne compte plus que leurs instincts. Ils sont prêts à tout pour les satisfaire. Imagine un peu ce qu'il doit penser à propos d'Odile. Il lui tomberait dans les mains une pute de cet acabit, lui qui traite sa femme en pute, parce qu'entre parenthèses, quand on va rue de la Trinité, c'est clair, non? Et il laisserait passer l'occasion de faire initier sa femme par une pute?

« Crois-moi, ça doit le travailler drôlement. Je ne te dis pas que si Odile l'appelle, il ne nous prévient pas. Mais c'est cinquante-cinquante. Les pervers, c'est les pervers.

« Je recommence. Elle l'appelle. Il la reçoit. Il ne nous prévient pas. Il profite d'elle deux ou trois jours et puis quoi après? Ni vu ni connu. La fille est partie. Et nous, va prouver qu'elle était chez lui!

Aimé Brichot sortit de ses réflexions :

— Tu crois qu'elle est déjà chez lui?

Boris le fixa :

— Mon vieux, je ne pense qu'à cette question depuis une heure ou deux, si tu veux savoir la vérité.

Une heure plus tard, tout était en place. Une voiture en planque rue la Fontaine plus un sous-marin (1). Décision prise sous la seule responsabilité de Charlie Badolini sans en référer à quiconque. Trop risqué : Hubert de la Payère était un personnage beaucoup trop important pour être soupçonné.

*
**

— C'est curieux, jeta Hubert en faisant signe à sa femme qu'il ne voulait plus de salade, Abdou ne donne pas signe de vie. C'est étonnant, non ?

Odile prit une longue aspiration, ce qui eut pour effet de faire se balancer ses merveilleux seins lourds et laiteux.

— Je l'ai eu au téléphone cet après-midi, dit-elle. Il prend l'avion à l'heure qu'il est, pour Londres. (Elle se mordit les lèvres, jouant à la perfection la fille blessée.) Il maque aussi une Anglaise...

Hubert s'essuya la bouche avec sa serviette.

— Il revient quand ?

— Dans trois jours.

— Ah... Dis-moi, tu as l'intention de faire quoi, pendant trois jours ?

Odile luttait pour que ses pommettes ne rosissent pas.

— Abdou m'a donné un message pour vous. Il me prête à vous jusqu'à son retour.

Hubert but une gorgée de château-lafite.

— Tu veux dire : à l'œil ?

Odile fit signe que oui.

(1) Camionnette aménagée avec viseurs, télescope, radio, etc.

— Il m'a dit qu'il voulait vous faire une bonne manière. Et puis...

Est-ce qu'elle allait parvenir à rester naturelle dans son mensonge ?... Il le fallait. Absolument. Elle avait besoin de trois jours.

— Et puis ? fit Hubert en reposant son verre.

Odile se détourna, comme si elle luttait contre un aveu qui serait difficile.

— Il demande que vous me fouettiez à sa place pendant qu'il n'est pas là. Avec votre ceinture.

Hubert eut un sourire carnassier. Il ouvrit sa veste et défit sa ceinture, qu'il tira hors des passants. Il tendit la ceinture à sa femme.

— C'est toi qui vas t'en charger.

Il se réintéressa à la menteuse. Elle, dont il connaissait tous les secrets. Et dont ça l'excitait de plus en plus d'entrer dans son jeu.

— Il te fouette comment, Abdou ? J'ai besoin de savoir.

Odile baissait tellement la tête, désormais, qu'il ne voyait plus rien de son visage noyé par les cheveux.

— Suspendue, finit-elle par « avouer ».

Il y avait un lustre de Venise au salon des Hubert de la Payère. Très lourd. On avait dû cimenter les crochets sérieusement pour l'installer. Dix minutes plus tard, Odile, bâillonnée, se tordait comme un serpent sous les coups de ceinture administrés par Claire. Suspendue. Le sol à vingt centimètres de ses pieds. Ça dura très longtemps et elle faillit s'évanouir. Mais quand on la détacha, Hubert lui tendit la ceinture.

— A toi. Venge-toi sur Claire. Elle y est vraiment allée de très bon cœur, non ? Venge-toi.

*
**

Ils formaient maintenant le trio classique des gravures ou des photos cochonnes. Un homme affalé dans un canapé. Dans sa main droite, il tient une coupe de champagne et dans sa main gauche un cigare. De temps en temps, il boit, il aspire une bouffée et il la souffle au visage de la fille en train de lui faire une fellation, à genoux sur le tapis. Puis il regarde l'autre fille, renversée sur le tapis derrière la première. Cuisses relevées, elle se masturbe. A deux mains. Devant et derrière. Il a la ceinture à la main. Il cravache par moments les fesses de la fille qui lui avale le sexe. Puis il les interchange. Elles obéissent. Ça dure encore un peu de temps. Puis il les fait mettre à quatre pattes l'une sur l'autre sur le canapé, et ça fait deux culs offerts l'un sur l'autre. Et il les prend tour à tour. Et la ceinture siffle chaque fois qu'il se relève pour changer d'orifice.

Après avoir pris son bonheur, il est un peu fatigué et il exige une nouvelle bouteille de champagne. Puis il veut que les deux filles se gouinent devant lui, là, sur le tapis. Elles y vont carrément. Elles roucoulent très fort. Elles crient. Il se lève et la ceinture s'abat en sifflant, pas au hasard du tout. Elles supplient, elles demandent pitié. OK, mais à genoux. La ceinture cingle de nouveau les cuisses, les hanches et les ventres. Elles négocient l'arrêt du cravachage avec une proposition de fellation à deux, alternativement. Elles s'y mettent. Et ça le fait beaucoup rire. Puis il leur demande de tirer au sort celle qui sera enfilée. C'est Claire qui

« gagne ». Hubert la fait prosterner et Odile lui ouvre les fesses. Ensuite, elle doit étouffer dans ses paumes les hurlements de Claire. Mais elle ne perd rien pour attendre. Hubert reprend vite des forces. Et ce sera son tour. Il est monté comme un Noir. Et inépuisable comme un Noir.

***

A deux heures du matin, quand Hubert eut décidé d'aller dormir, Odile lui dit qu'elle voulait sortir. Elle avait à faire.

— Et quoi donc ? s'étonna-t-il.

Elle se détourna : comment lui avouer que c'était l'heure où, au *Brunnie's* elle pouvait rencontrer un certain fabricant de faux passeports de sa connaissance ?

— Des amis, fit-elle. Un rendez-vous pris depuis longtemps.

Hubert lui lissa les cheveux.

— Tu rigoles ou quoi ? En l'absence d'Abdou, c'est moi qui commande. Tu ne sors pas.

Odile prit l'air effaré.

— Je vous en prie, Abdou me punira si je n'y vais pas.

Hubert dissimula le sourire qui lui tendait les lèvres. Petite menteuse...

— Claire ! fit-il dans son dos, va chercher les cordelettes.

Un quart d'heure plus tard, elles étaient attachées toutes les deux ventre contre ventre, poignets liés dans le dos, chevilles liées aux chevilles de l'autre. Les anneaux de leurs colliers étaient réunis par une des cordelettes et celle-ci tirait leur cou vers le pied du lit d'Hubert.

— Bonne nuit, les petites, fit Hubert en éteignant.

Odile mit très longtemps à s'endormir. Le collier qui la reliait au collier de Claire lui était odieux. Comme le tatouage de son pubis. Ah, dès qu'elle serait libre, elle ferait limer le collier ! Elle laisserait repousser sa toison sur l'inscription secrète qui lui rappellerait toujours qu'il ne faut pas croire les hommes. Elle redeviendrait libre. Comme avant. Et comme avant, c'est elle qui cravacherait les hommes. Demain, il faudrait trouver le moyen de sortir. Absolument. Il faudrait trouver Jeannot Hirman, le faussaire du Kremlin-Bicêtre, puisqu'elle l'avait raté cette nuit. Elle haïssait Claire. Elle haïssait Hubert. Lui surtout. Devenu par procuration le symbole de son coup de folie avec Abdou. Contre sa joue, Claire dormait, épuisée. Dans le lit, au-dessus, elle entendait la respiration calme d'Hubert. Qu'est-ce qu'il avait dans la tête ? Avait-il pressenti quelque chose ? Ah ! Elle ne savait plus, elle délirait. Elle tirait sur le collier qui la réunissait au collier de Claire, elle tirait sur ses poignets ligotés dans le dos, sur ses chevilles liées aux chevilles de Claire.

Claire lui mordit le cou.

— Tu vas arrêter de bouger, grogna-t-elle à voix basse. Si tu réveilles Hubert, je te dénoncerai. Et ce sera ta fête.

Odile s'obligea à se calmer avec un énorme effort de volonté. Dehors, on entendait de temps en temps passer une voiture. Des gens libres...

*
**

Boris se pencha à la portière de la R 18.

— Ça va les copains ?

Rabert soupira.

— Comme des gens qui attendent pour rien.

Il leva le nez vers l'immeuble.

— Ils ont éteint à deux heures.

Boris tendit un paquet.

— J'ai trouvé ça au drugstore. C'est encore frais.

Rabert défit le paquet.

— Mince, du champagne ! Ça, c'est chic.

CHAPITRE XII

A huit heures, quand Boris prit son tour de garde, Hubert de la Payère petit-déjeunait. Journal du matin à Europe I au poste posé sur la table de nuit et café au lait bouillant avec croissants sortis du réfrigérateur : quand son réveil avait sonné à sept heures et demie, il avait détaché Claire et Odile.

— Allez, au boulot.

A présent, elles étaient toutes les deux debout à la tête du lit. Recoiffées, fardées, parfumées. Et nues.

Il trempa son deuxième croissant dans sa tasse.

— Programme pour la journée. Ménage jusqu'à dix heures. Vous astiquerez aussi les casseroles de cuivre à la cuisine. Et puis, Odile, tu conduiras Claire dans cet endroit où il y a le chevalet à écarter le fion des filles. Après, retour ici. On dîne à la maison.

Quand il monta dans sa R25 à chauffeur venue l'attendre devant la porte de son immeuble, Hubert de la Payère ne repéra pas la voiture rangée de l'autre côté de la rue. Ni le flic qui l'observait. Et pourtant il le connaissait. Un grand flic bien athlétique sosie d'Alain Delon.

Après le ménage et les cuivres, Odile et Claire s'habillèrent comme il le fallait : puis elles descendirent vers le parking souterrain. Les policiers ne virent pas sortir la Mini grise métallisée : la sortie du parking donnait dans une petite rue derrière. Ce n'était pas celui de l'immeuble. Mais de l'immeuble voisin. Où Hubert de la Payère possédait un deuxième appartement au même étage. Avec un passage dans le mur entre les deux appartements...

***

Dans un appartement bourgeois du dix-huitième arrondissement, du côté du parc Monceau, madame Colette examina la frêle jeune femme qui s'était déshabillée devant elle.

— Renverse-toi sur le pouf, fit-elle et ouvre-toi les fesses, que je vois bien ton cul.

Elle se pencha et avança la main. Claire se tordit en gémissant.

— Bon, conclut madame Colette. Tu es très serrée. Il va falloir beaucoup de séances.

La vieille femme à blouse sévère ouvrit une porte et Claire frissonna : là-bas, dans l'autre pièce ripolinée de blanc comme une chambre de clinique, il n'y avait qu'un meuble, un chevalet. Avec au centre un étrange appareil. Un pieu de plastique rouge fait à l'imitation d'un sexe d'homme. Il était tendu sur toute sa hauteur et des fils électriques pendaient sous le chevalet.

Odile aida madame Colette à installer Claire sur le chevalet. Le membre ayant d'abord été réglé au plus mince de son diamètre. Puis elles attachèrent les chevilles de Claire sous le chevalet. Et ses poignets dans le dos. Claire se voyait tout entière dans une glace en face d'elle. Madame Colette alla poser la main sur une manette à côté de la glace.

— Tu peux crier autant que tu veux, dit-elle. Les murs sont capitonnés et les vitres sont doubles.

Elle abaissa la manette et Claire se mit à hurler : dans le chemin de ses reins, le membre de plastique avait subitement enflé. A lui déchirer les muscles internes. Puis la douleur s'apaisa. Puis elle repartit. Et ainsi de suite.

Madame Colette se rapprocha d'elle.

— Il s'agit d'exercer tes muscles, tu comprends ? Quand le gode gonfle, tu serres. Le plus fort possible. De façon à empêcher qu'il regonfle après s'être réduit. Il regonflera, mais peu à peu, tu arriveras à être plus forte que lui. Alors, tu m'appelleras. Et je le ferai gonfler plus fort.

Elle examina encore un instant Claire qui se cabrait, hurlant, à chaque regonflement du gode. Puis Claire cria moins.

— Voilà, ça vient, commenta la vieille femme. Continue comme ça. C'est parfait.

Elle ressortit avec Odile. Celle-ci alluma une cigarette.

— Le mari veut aussi qu'on lui écarte les maxillaires. Il insiste. Deux séances en une.

Madame Colette examina l'heure à son poignet.

— Bon, une heure de gode. Plus une heure de « poire d'angoisse ». Ça fait deux heures... Reviens dans deux heures.

Odile voila le feu qui lui avait envahi les yeux.

— C'est ça, dans deux heures.

En bas de l'immeuble, elle eut la chance de trouver tout de suite un taxi en maraude. Une demi-heure plus tard, elle débarquait au Kremlin-Bicêtre, dans une maison de meulière au fond d'une ruelle.

— Jeannot, fit-elle, j'ai besoin d'un faux passeport, d'une fausse carte d'identité et d'un faux permis de conduire. Tiens, voilà les vrais.

Le petit homme dans son fauteuil roulant de paralytique attrapa le passeport.

— Dix mille.

Odile sortit vingt billets de cinq cents francs.

— Quand ? Je suis pressée.

— Après-demain. Dix-huit heures.

Le taxi d'Odile l'attendait toujours dehors. Par prudence, elle se fit déposer porte Brancion. Puis elle prit un autre taxi. Quand elle fut retournée chez madame Colette, Claire en avait encore pour un quart d'heure de poire d'angoisse. Odile l'étudia à travers la glace sans tain séparant le bureau de la vieille dame de l' « atelier », puisque c'était le nom de la pièce. A genoux, bras liés dans le dos, Claire était secouée de tremblements démentiels chaque fois que la poire de caoutchouc reliée à un compresseur à commande électrique, lui distendait les maxillaires. Là aussi, il fallait serrer, serrer, pour lutter contre le gonflement. Et puis, clac, le mécanisme s'arrêtait. Et on avait quinze secondes de répit. Puis ça repartait.

— C'est qui ? fit madame Colette en allumant une Dunhill. Elle est vraiment très obéissante.

— Une bourgeoise, répondit Odile. Mariée.

— Ah... Le mari est riche ?

— Je crois. En tout cas, vous pouvez y aller. Il veut du rapide.

La vieille femme se tourna vers elle.

— Tu te rappelles ? Tu avais seize ans quand Fernand t'a amenée ici. Qu'est-ce que tu pleurais...

Odile se détourna.

— Tu deviens quoi, toi ? reprit madame Colette. Je te sens inquiète. Ça ne va pas ?

Odile alluma une Benson and Hedges.

— Je travaille trop. Je suis vannée, c'est tout.

De l'autre côté de la glace, Claire se cabrait, se tordait, bras secoués dans ses liens. Elle tirait de la nuque dans la courroie de cuir qui l'obligeait à rester collée à la poire d'angoisse.

— Moi aussi, j'en suis passée par là, rêva la vieille tortionnaire. C'était dans les années trente-cinq. L'appareil était déjà au point, tu sais ?... Mon homme, il s'appelait Roger. Il avait une queue, une queue de Nègre... J'étais folle de lui...

Odile avait l'impression qu'elle allait tourner de l'œil.

— Ça a duré longtemps avec Roger ?

La vieille dame indigne haussa les épaules.

— Tu parles... Quand j'ai commencé à avoir la bouche et le cul forcés au poil, il m'a virée.

— Et alors ?

— Alors, je l'ai tué. J'ai pris son fric. Et je me suis mise à mon compte.

Elle vira vers Odile avec une vivacité de jeune femme.

— Toi, ça ne va pas. Ne mens pas.

Odile l'étudia avec des yeux fiévreux.

— Aidez-moi, je vous en prie. J'ai besoin de vous.

***

Madame Colette jeta un œil du côté de la glace sans tain.

— Tiens, ça m'énerve, les bourgeoises. Elles veulent faire la pute, mais ça triche. Ça reste bourgeoise. Regarde-la, ça a été élevée dans du coton. Et ça s'imagine qu'il suffit de deux ou trois cochonneries pour entrer au club. Tu piges ce que je te dis, hein ? Tu es une fille du peuple, comme moi.

Odile l'attrapa par l'épaule.

— Elle est à part, je vous assure.

La vieille se mit à rire.

— On va voir ça.

Elle tourna la manette de commande de la poire d'angoisse.

— Vas-y la bourgeoise. Découvre jusqu'à la panique la difficulté de vivre.

De l'autre côté de la glace sans tain, Claire fut projetée de tout le corps par une abominable douleur. La poire d'angoisse, dans sa gorge, s'était mise à accélérer. Et elle ne pouvait plus suivre.

— Arrêtez ! hurla Odile.

La vieille dame se tourna.

— Tu tiens à elle ?

Odile se courba.

— C'est une brave fille.

— OK, je te crois, fit madame Colette.

Elle coupa le contact. Là-bas, Claire s'était affalée, suspendue par la bouche à l'objet de torture.

— On la laisse un peu comme ça, reprit madame Colette. Ça lui fera du bien d'avoir peur que ça recommence.

Elle se tourna vers Odile.

— Transmets un message au mari. J'ai diversifié mes activités. Je donne aussi dans la chimiothérapie.

Odile s'écarquilla :

— La chimiothérapie ?

Madame Colette alla s'installer à son bureau.

— Tu n'es plus à la page, ma petite. Ça vient de Californie. Traitement par pilules. On remodèle le corps d'une fille à volonté. Le cul, les seins. Ou seulement les pointes des seins. Ou les lèvres du sexe. Ou le clitoris. Tiens, regarde.

Elle tendit un album.

Sur les pages de gauche, il y avait la fille « avant ». Et sur les pages de droite, la fille « après ». Photographiée dans le même décor et dans la même position. Odile tourna les pages. Les yeux des modèles étaient barrés de noir, pour qu'elles ne soient pas identifiables. Il y avait d'abord toute une série de seins « Avant et « après ». Avant, c'était des seins normaux. Petits ou pas, mais normaux. Après, c'était des seins pour fantasmes d'hommes. Enormes, lourds. Avec des bouts gros comme des extrémités de cigarettes. Puis des photos de sexes offerts à deux mains. Avant et après. Après, le clitoris était gonflé comme un pouce.

Madame Colette se tourna vers la glace sans tain.

— J'ignore ce que le mari pense d'elle, mais, personnellement, je lui trouve les seins un peu maigres. Et le clitoris très moyen. Tu devrais lui en parler, au mari.

Odile ne l'écoutait plus. Elle reposa l'album sur le bureau.

— Je suis en cavale, fit-elle. J'ai besoin de vous.

Si je m'arrange pour vous fournir Claire pour une chimiothérapie, vous m'aiderez à me tirer de France ?

La vieille dame se leva et vint lui poser la main sur l'épaule :

— Marché conclu.

Elle se tourna encore vers la glace sans tain.

— C'est vrai qu'elle a l'air très obéissante. D'habitude à sa place les filles ruent dans les brancards...

Odile se leva.

— Il faut qu'on reparte.

Madame Colette l'observa.

— Va la détacher toi-même. Et n'oublie pas de parler de la chimiothérapie au mari.

*
**

La Mini s'engageait dans le flot des voitures, à l'Etoile. Odile conduisait. Claire sortit de sa torpeur à côté d'elle.

— Tu es passée par où je suis passée ?

Odile évita de justesse un car de Japonais.

— Bien sûr, ma chérie.

Claire se recroquevilla sur son siège.

— C'est quoi, la chimiothérapie ?

Odile s'engagea dans l'avenue Victor Hugo.

— Ton mari ne t'a jamais dit que tu avais les seins trop petits ? fit-elle, sadique.

— Oh si, soupira Claire. Il me le reproche assez.

Odile accéléra.

— Tu veux de gros seins ! Bon... Parlons-en demain à madame Colette.

Claire sursauta dans son siège. Elle avait abominablement mal aux reins et aux maxillaires.

— Il faut que je demande l'autorisation à Hubert.

Odile se mit à rire.

— Il te la donnera, mon chou, fais-moi confiance.

La voiture des flics en planque ne vit pas rentrer la Mini. Et pour cause : la Mini rentrait au garage par la petite rue de derrière. Le garage de l'immeuble mitoyen où ils ignoraient que les de la Payère possédaient un deuxième appartement couplé au premier.

Arrivée là-haut, Odile souleva d'autorité le manteau de Claire et enfonça ses doigts dans le chemin de ses reins. Claire frissonna.

— Mais tu es déjà drôlement écartée ! s'exclama Odile. Ouvre ta bouche. Ah !... Là aussi tu as beaucoup progressé en une seule séance.

Elle l'entraîna vers la chambre. Et elle la caressa pour la faire crier très vite. Il fallait absolument se mettre dans la poche la femme d'Hubert. Très important pour elle.

Puis elles allèrent préparer le dîner.

— Tu vas repartir, disait Claire. Je te regretterai.

Odile se pencha pour mettre le feu au plus doux sous la casserole.

— Il faut que je bosse, fit-elle. Abdou est très exigeant sur le pognon.

Claire se colla contre elle.

— Je t'en prie. Apprends-moi ton métier.

Odile l'observa.

— Tu ne crois pas qu'il faut demander la permission à ton mari ?

Claire l'attrapa par la taille.

— Quand il va rentrer, demande-lui. Je voudrais tapiner avec toi. Je voudrais tellement.

Odile releva le nez vers la pendule à chiffres du four électrique.

— Sept heures quatre, fit-elle. Il faut aller se préparer.

A sept heures et demie, elles étaient toutes les deux dans l'entrée. Debout, nues, coiffées, maquillées et parfumées. Attendant le retour d'Hubert.

La clé tourna dans la serrure trois quarts d'heure plus tard. Hubert entra, referma derrière lui et jeta sa mallette sur la console.

— Alors, les filles, la journée s'est passée comme vous voulez ?

Son épouse se précipita, bouche ouverte.

— Regarde ! Tu ne trouves pas que je suis plus écartée qu'hier ?

Elle se tourna et se courba, ouvrant ses fesses à deux mains.

— Et mon cul... Il te plaît, mon cul bien ouvert ?

Hubert se tourna vers Odile.

— Et toi, comment ça va ? Abdou a appelé ?

Elle rougit.

— Non.

Il rit.

— Venez toutes les deux. Je me sens très en forme.

CHAPITRE XIII

Charlie Badolini reposa sur son bureau en soupirant la synthèse des rapports de ses inspecteurs. Tous les indicateurs possibles avaient été contactés. Trois seulement connaissaient Odile Legrand. Une étoile filante de l'avenue Foch et du bois de Boulogne. Très indépendante et ayant toujours refusé de prendre un protecteur. Une fille de tête, intelligente et secrète, se liant peu. Elle ne donnait dans les palaces que depuis six mois environ. Et seulement pour de très gros coups, à quelques exceptions près.

Autant chercher une aiguille dans une botte de foin...

Le rapport balistique sur la mort du jeune Noir était arrivé lui aussi : même arme que pour Max Bruneau.

Côté planque, rue La Fontaine, toujours rien. Ce matin, Hubert de la Payère était monté dans sa voiture de fonction à son heure habituelle. Vers dix heures, sa femme était descendue. André Courtat l'avait filée. Elle était allée faire ses courses. Elle était très pâle, l'air épuisé, mais rayonnante. En ressortant d'une boulangerie, un coup de vent lui avait ouvert brutalement les pans de son manteau, qu'elle avait aussitôt refermé avec vivacité, mais l'inspecteur avait eu le temps de voir, et jusqu'à sa toison. Puis elle était remontée chez elle et on ne l'avait pas vu ressortir.

Boris se pencha vers Charlie Badolini.

— Vous voyez, patron, cette bourgeoise d'Auteuil qui fait ses courses nue sous son manteau, ça me fait de plus en plus penser que mon hypothèse a bigrement de chances d'être la bonne.

« Je me répète. Un couple de pervers, c'est prêt à tout. Y compris à planquer une pute en cavale. Vous avez lu : *l'air épuisée mais rayonnante.* Ils ont dû avoir une sacrée nuit, les bourgeois.

Il serra les poings.

— Dommage qu'on ne puisse pas les mettre sur écoute.

Charlie Badolini leva les bras au ciel :

— Vous voulez que le Premier ministre nous fasse tous sauter ? La Payère est un de ses plus proches collaborateurs. Il va piquer une crise de rage démente si on fait ça.

— Je sais, reprit Boris. Mais c'est vraiment idiot. Vous vous rendez compte ? Si on tombait sur un appel d'Odile, le temps que ça nous ferait gagner.

Le chef de la Brigade Mondaine roula des yeux.

— Cessez de rêver, mon vieux. Et trouvez-moi une idée.

Boris se mit à tourner en rond autour du fauteuil d'Aimé Brichot. Soudain, il s'arrêta net.

— Je peux réfléchir à haute voix, patron ?

— Allez-y, mais à une condition : que ça aboutisse à quelque chose.

Les yeux noirs de Boris se durcirent.

— Ça se pourrait bien. Bon, je fais comme si mon hypothèse était la bonne. Hubert — appelons-le par son prénom et les autres aussi — Hubert a reçu Odile chez lui. Et c'est la java avec Claire. Mais qu'est-ce qu'il fait aussi, Hubert ? Il sait, par nous, qu'Odile a ramassé certainement le gros butin. On ne tue pas deux types s'il n'y a pas énormément de pognon à la clé. Odile est en cavale. Donc elle a tout sur elle.

Facile, quand elle dort, de fouiller ses affaires.

« Alors, mettons qu'il découvre ce compte numéro en Suisse dont on a peu de chance de se tromper en supposant qu'Odile le possède.

« Il note les chiffres, le Hubert. Et il gamberge. Un aller et retour à Genève, ça se fait dans la demi-journée. Il risque le coup. Il décide d'y aller. Pour voir ce qu'il y a sur le compte. Il le vide et il remet tout sur un autre. Connu de lui seul. Puis il revient. Deux ou trois jours plus tard, quand Odile, qui a eu enfin ses faux papiers, débarque à son tour, le compte numéro n'existe plus. Elle pense quoi, que Max l'a doublée ? Ou Abdou ? Mais ils sont morts. Secret dans leur tombe. Il ne lui reste plus qu'à pleurer.

« Et Hubert, tranquille, les doigts dans le nez, a fait le coup le plus faramineux de sa vie. Conclusion : il faut filer Hubert. Et faire se relayer des inspecteurs devant tous les guichets d'embarquement pour Genève.

— Minute, coupa Aimé Brichot. Tu fais quoi au cas où on le surprend à s'embarquer ?

— Je le laisse filer. Je n'en ai plus rien à faire. Je sais ce que je voulais savoir : Odile est bien chez lui...

Charlie Badolini avait laissé sa Celtique maïs s'éteindre dans son cendrier.

— Et tu te présentes, comme ça, rue La Fontaine, avec ton plus beau sourire ? reprit Aimé Brichot.

Boris se tourna vers Charlie Badolini.

— OK, parfaitement illégal. Mais il y a toujours moyen de s'arranger quand on le veut vraiment. Jeannot la Science est le roi des fausses clés. On l'a utilisé pour entrer chez Odile. C'est l'occasion ou jamais de recommencer. On attend que Claire fasse ses courses. Et on entre visiter.

« Là, de deux choses l'une : ou Odile est dedans. Et on la coince. Et alors personne n'ira plus nous reprocher d'avoir agi comme des malfrats. Ou elle n'y est pas. Et on se retire ni vu ni connu.

Charlie Badolini ralluma son mégot.

— Ça se tient...

Il se leva.

— Tout ça est très joli, mon petit Boris, mais ça ne tient que sur une de vos fameuses intuitions. Notre Hubert est un grand ambitieux. Une longue et brillante carrière l'attend, avec les honneurs et tout ce qui accompagne les honneurs. Même si il planque bien Odile, il peut très bien résister à la tentation du petit voyage en Suisse. C'est quand même risqué.

— Exact, Patron, reconnut Boris. J'ai pensé à tout ça moi aussi. Mais avouez qu'il reste quand même une petite chance que les chiffres du compte numéro le mettent en état de transe. Il ne sait pas qu'on le surveille. Dans ces conditions, ce n'est pas si risqué que ça, un saut à Genève. Il lui suffit de prétexter à son ministère une affaire familiale urgente en province. Un billet d'avion, ça se prend au comptoir de l'aéroport.

Charlie Badolini s'enveloppa dans un nuage de fumée.

— Bon, organisez sa surveillance et des planques à Roissy. Bon Dieu... Qu'est-ce qu'on va se faire taper sur les doigts si tout ça ne sert à rien. Je préfère ne pas y penser.

*
**

Le lendemain matin, Hubert de la Payère décrocha son téléphone dès son arrivée au bureau à huit heures trente. Et il pianota les touches du numéro intérieur du chef de cabinet direct du Premier ministre.

— Allô, Jacques ? Ici Hubert. Bonjour. Dis-moi, j'ai un petit ennui à régler de toute urgence chez moi, à Dijon. Un truc notarial qui ne peut pas attendre. Merci de prévenir le patron. Je vais tâcher de rentrer vers dix-sept heures.

Il raccrocha, puis il décrocha de nouveau, pour composer cette fois le numéro de sa secrétaire.

— Micheline ?

Il répéta son histoire et ajouta que son chauffeur pouvait disposer de sa journée.

Le vol de Swissair Paris-Genève décolla comme prévu à dix heures quinze. Avec à son bord Hubert de la Payère. Une demi-heure plus tôt, quand il avait pris son billet, sous un faux nom, un homme en blouson de cuir, l'air d'un touriste quelconque était allé aussitôt téléphoner à la cabine la plus proche.

Et Jeannot la Science avait débarqué rue La Fontaine, à la hauteur d'une R 18 banalisée blanche, à dix heures cinq. Accompagné de Boris et d'Aimé.

Au 36 quai des Orfèvres, Charlie Badolini commençait à se ronger les ongles. La plus longue journée de sa carrière commençait.

*
**

Accrochée à deux mains au dossier d'un fauteuil, Claire haletait.

— C'est terrible... Ça casse en deux.

Derrière elle, Odile tirait les lacets de cuir, dents serrées, visage noyé par ses cheveux.

— Rentre le ventre, mieux que ça, et respire à fond.

— Ha ! Ha ! s'écria Claire.

Maintenant, Odile était arrivée à faire se rejoindre les deux parties de la fermeture, dans le dos, du petit corselet de cuir. Clac, la fermeture se referma. Il ne restait plus qu'à enlever les lacets qui n'avaient servi qu'à serrer.

— Et voilà, conclut Odile. Tourne-toi.

Claire obéit, titubante, et se regarda dans la glace. Sa taille était incroyablement étranglée. Au-dessus du cuir noir du bustier, ses côtes saillaient, comme ses hanches au-dessous. On aurait presque pu faire le tour avec les mains.

— Ça va beaucoup plaire à ton mari, fit Odile souriante. A mon avis, il va même t'y abonner.

Claire poussa un cri.

— Tu t'y habitueras, tu verras. Et tu ne pourras même plus t'en passer. Je connais une fille qui porte tout le temps le même modèle. C'est quand elle l'enlève qu'elle est malheureuse. Mais accroche-toi les bas à présent.

Deux jarretelles pendaient du corselet sur chaque cuisse. Claire les accrocha aux bas. Des bas couleur chair, normaux mais dont le haut était festonné de jolies dentelles d'un vert pomme. Puis Claire mit un string spécial. Pas grand-chose devant, pour bien montrer le sexe. Derrière, la lanière remontant dans le sillon des fesses dégageait parfaitement celle-ci, sans rien cacher de leur tatouage.

Maintenant, il fallait s'occuper du haut. Elles fouillèrent dans les cartons rapportés de la boutique de Saint-Denis où elles étaient allées faire une razzia toutes les deux.

— Tiens, ça t'ira très bien. Ça complètera, fit Odile.

Elle tendait un soutien-gorge dénudant les seins. Elle aida Claire à le mettre et se recula.

— Bravo, tu as tout de la pute.

L'ensemble, le string, les bas, le corselet et le soutien-gorge, donnaient un effet scandaleux. Avec en plus les tatouages et le collier de fer.

Claire évoluait devant la glace.

— Ça va déjà beaucoup mieux, le corselet.

Elle se tourna vers Odile.

— Oh, fais-moi une gentillesse. Prête-moi ton vison pour sortir. Je n'en ai jamais mis.

Odile se mit à rire :

— Tu te vois en train de faire tes courses en vison ?

Claire vint se frotter contre elle, très câline.

— Je t'en prie.

Odile soupira :

— OK, mais alors, il faudra bien que je te pique un manteau. Au fait, tu peux me prêter ta voiture en échange du vison ?

Quand Claire apparut sur le seuil de l'immeuble, rue La Fontaine, Odile s'asseyait dans la Mini, au deuxième sous-sol de l'immeuble voisin, et elle tournait le contact.

Dans la R 18, Boris détaillait la jeune femme qui s'en allait, là-bas, dansante.

— Ça ne t'a pas l'air tout craché d'un vison de pute, ça ?

Aimé remonta son nœud de cravate.

— Tu me l'enlèves de la bouche.

Boris tapota sur le genou de Jeannot la Science.

— On y va. Pas tous ensemble.

Il se tourna vers Courtat, assis au volant.

— Toi, préviens Baba. Le compte à rebours a commencé.

Jeannot la Science battit tous ses records de vitesse. Le coup du « parapluie ». En quatre minutes, ils étaient dedans. Armes au poing. On ne plaisante pas avec une tueuse.

Boris examina, dans le salon, les cartons ouverts sur un incroyable fouillis de lingerie cochonne. Une preuve de plus. Mais l'appartement était vide.

Aimé Brichot réapparut.

— Viens voir ce que j'ai découvert.

Boris le suivit dans le couloir. Et jusqu'à l'autre appartement. Avec une autre entrée. Donnant sur un autre escalier.

— Ça alors..., grogna Boris.

Jeannot la Science apparut derrière eux, portant un grand sac de cuir fauve de chez Hermès.

— Moi aussi j'ai découvert quelque chose. Je n'ai jamais vu autant de dollars de ma vie. Et ce sont des vrais, croyez-moi.

Ils ressortirent par l'autre porte. En bas, sur le palier de l'entrée de l'autre immeuble, le mot parking était inscrit sur une porte. Ils descendirent et ils ressortirent sur la petite rue de derrière.

— Reste là, fit Boris à Jeannot la Science. On va chercher une autre voiture pour planquer par ici aussi.

***

Odile mit son clignotant à droite, s'apprêtant à tourner pour descendre au parking, mais elle dut piler aussitôt : un camion sortait d'une porte cochère. La manœuvre fut longue et elle pianotait nerveusement son volant. Son vol pour Milan était dans deux heures. Elle avait pris son billet. Plus prudent que d'aller directement à Genève. Maintenant, elle avait ce qu'il fallait pour fuir : faux passeport, fausse carte d'identité, faux permis de conduire. Il ne lui restait plus qu'à remonter prendre son sac à trésor. Enfin, le camion termina sa manœuvre, manquant d'érafler au passage une R 18 en stationnement à vingt mètres de l'entrée du parking. Trois têtes d'hommes se tournèrent en même temps vers le camion, avec des airs furieux. Et le cœur d'Odile se mit à battre à lui faire éclater la poitrine : elle avait reconnu le grand brun et le petit chauve de l'autre soir à l'hôtel. Les deux flics en conversation avec le détective et le barman.

Après, tout se passa très vite : le petit chauve avait regardé la Mini. Distraitement d'abord. Puis avec une attention soudaine. Sur elle. Sur son visage.

Alors, elle enfonça la pédale de l'accélérateur et elle passa à ras de la R 18, moteur hurlant. Le temps de mettre le contact et de manœuvrer pour la R 18, il était trop tard. La Mini avait disparu.

***

Au Kremlin-Bicêtre, Jeannot Hirman, le fabricant de faux passeports, était en train de faire des comptes. Très personnels. Depuis combien de temps n'avait-il pas balancé un client aux flics ? Ça faisait plus d'un mois. Ils allaient commencer à s'énerver... Il fallait absolument leur mettre quelque chose sous la dent ou il aurait des ennuis. Impossible, de trop gros bonnets. Il ne restait que la pute. Dommage, elle avait vraiment l'air d'avoir des problèmes. Mais tant pis...

Il décrocha son téléphone.

***

Peu après dix-sept heures, Hubert de la Payère sifflotait dans la file d'attente de la douane, au comptoir d'arrivée de son vol Genève-Paris. Quand ce fut son tour de présenter son passeport, deux hommes se portèrent à sa hauteur.

— Police, veuillez nous suivre.

Hubert de la Payère ferma lentement les yeux. Son problème le plus urgent pour l'instant, c'était que ses jambes continuent à le porter.

CHAPITRE XIV

Hubert de la Payère sortit un paquet de cigarettes de sa poche et l'alluma avec son Dunhill. Sa main ne tremblait absolument pas. Malgré lui, Boris était assez sidéré. Il avait devant lui un homme dont la carrière était brisée à jamais. Un grand bourgeois déshonoré pour toujours. Et il était toujours parfaitement maître de lui.

— Je suppose que vous allez me garder? fit Hubert.

— Tout au moins le temps de la garde à vue. Vingt-quatre heures. Ensuite, c'est le juge d'instruction qui décidera.

L'autre parut réfléchir.

— J'ai des dossiers importants en cours au ministère. Je crois qu'il faudrait qu'un de mes collègues vienne me voir pour que je le mette au courant.

Boris jeta un coup d'œil de biais à Aimé.

— Nous allons faire la demande.

Lui aussi réfléchissait. Le salopard avait dû faire de très intéressantes découvertes, à Genève, dans la banque d'Omar Keresso. Sinon, il n'aurait quand même pas crâné à ce point. Maintenant, quant à essayer d'obtenir les chiffres du nouveau compte numéro bien à lui, autant espérer décrocher la lune. Ils étaient inscrits, là, à deux mètres, dans la tête d'Hubert, le voyou de la Haute. Et ils y resteraient. Tout aussi bien que dans le secret des banques suisses. Et dans cinq ans au plus, quand il sortirait de taule, il y aurait un milliardaire de plus à se dorer au soleil, à Marbella ou à Rio de Janeiro. Pendant que Boris et Aimé, les pauvres idiots de flics honnêtes continueraient à se battre contre les fins de mois difficiles. Chienne de vie...

Aimé Brichot s'était installé en face de sa machine à écrire pour taper la déposition du haut fonctionnaire.

Celui-ci ne fit aucune difficulté à raconter dans le détail comment il avait décidé de cacher Odile. Sans la moindre gêne, il expliqua qu'il avait décidé de sauter sur cette chance de pouvoir éduquer sa femme. Il disait « éduquer »...

— Bien entendu, reprit-il, je n'ai mis mon épouse au courant de rien concernant Odile. Elle n'est donc absolument pas ma complice. Merci de ne pas oublier de le noter.

Boris commençait à être assez écœuré par le personnage. Sans être surpris non plus ; les pervers sont une race vraiment à part. Tout sentiment humain, y compris la honte, leur est étranger.

— Et puis, fit-il, vous avez aussi réfléchi. Pas difficile de se dire qu'Odile avait un magot. Et qu'elle était venue avec. Et qu'il ne pouvait être ailleurs que dans son sac. Alors, vous avez fouillé le sac en cachette. Et vous avez découvert les dollars, les bijoux. Enfin, tout ce que nous avons trouvé chez vous.

Il s'arrêta, durci :

— N'y avait-il pas aussi un compte numéro suisse inscrit sur un papier ?

Hubert de la Payère le fixa, les yeux arrondis.

— Un compte numéro ?

Il rit :

— Allons donc, vous fabulez ! Et puis, je vous prierai de me croire quand je vous dis que je ne suis pas du genre à fouiller dans les affaires des autres.

Boris hocha la tête.

— Très bien. Si vous le prenez comme ça.

Une sérieuse envie de se ruer sur cette tête à claques lui démangeait les poings. Mais un flic, ça ne tabasse pas...

— Dans ces conditions, pouvez-vous m'expliquer pourquoi vous avez dit à vos collègues que vous partiez pour Dijon pour affaires de famille une heure avant de prendre l'avion pour Genève. Sous un faux nom ?

Le haut fonctionnaire se redressa.

— Depuis quand n'a-t-on pas le droit d'aller à Genève ? Et d'avoir des raisons personnelles pour que ça ne se sache pas.

Culotté, le mec...

— Curieux, tout de même, le faux nom, vous ne croyez pas ? Et pas très légal.

— Je reconnais. J'ai commis cette erreur. Mais je n'ai pas à vous dire pourquoi. Ni pourquoi je suis allé à Genève.

Boris se leva.

— A votre guise. Mais je vous préviens, vous ne choisissez pas la bonne méthode de défense.

Il se rapprocha et sortit un papier de sa poche :

— Monsieur de la Payère, vous avez fouillé le sac. Vous y avez tout trouvé. Y compris le compte numéro d'Omar Keresso. Comme nous l'avons trouvé. Le voici.

Il agita le papier.

— Puis vous êtes allé à Genève transférer l'argent sur votre compte à vous, un compte que vous avez ouvert. OK, vous niez. Mais ne nous prenez quand même pas trop pour des imbéciles. Nous n'en avons pas fini avec vous.

L'autre soutint son regard. Impassible. Il se paya même le luxe de pinailler sur des points de détail avant de signer sa déposition.

Boris le renvoya aussitôt après. Il n'en pouvait plus. Puis il sortit à son tour avec Mémé.

Ils poussèrent une porte au bout du couloir. Deux collègues prenaient une autre déposition. Rabert et Tardet. Courtat était à la machine. Assise devant le bureau, une ravissante jeune femme, très élégante, répondait aux questions d'une voix blanche. Elle tenait d'un main le col de son manteau serré autour de son cou. Comme pour cacher quelque chose. Elle avait des cernes noirs sous les yeux et elle n'était pas maquillée. Elle ne crânait pas, elle. Elle paraissait même perpétuellement à deux doigts de s'évanouir.

Boris s'assit sur un bureau à côté d'elle.

— Alors, du nouveau ? fit-il.

Rabert secoua la tête.

— Non. Pas pour l'instant. Mais tout ce qu'elle raconte est assez dégueulasse.

Claire frissonna, menton dans le col de son manteau.

Boris se plaça en face d'elle.

— Madame de la Payère, il faut que vous compreniez bien une chose. Ce n'est pas pour le plaisir que nous nous introduisons dans votre vie privée. Mais pour retrouver une tueuse, et c'est tout. Votre vie sexuelle ne regarde que vous puisque vous êtes majeure. Seulement, il se trouve que les détails de votre vie privée, depuis quelques jours, nous intéressent énormément. Et nous avons le droit de les connaître.

Claire le fixa, décomposée, comme si elle ne comprenait pas.

— Ce que nous voulons, c'est savoir ce qu'a fait Odile, reprit Boris. A qui elle a téléphoné, si vous le savez. Qui elle a vu. Où elle est allée. Où elle vous a emmenée. Ce que vous avez fait ensemble. Tout. Il y va de votre intérêt de ne rien nous cacher, sous peine d'être considérée comme une complice si nous découvrons, quand nous arrêterons cette fille, que vous nous avez dissimulé quoi que ce soit sous prétexte que ça vous gênait. C'est bien compris ?

Claire inclina la tête.

— Oui, Monsieur, fit-elle d'une voix à peine audible.

Elle avala sa salive et elle commença. Derrière elle, Courtat tapait. Et c'était une longue litanie de déviations en tout genre. Claire s'était mise à parler comme si elle voulait se soulager de secrets impossibles à contenir toute seule. Un phénomène bien connu des policiers. Quand quelqu'un craque, tout y passe. On ne peut plus l'arrêter. C'est la panique.

A un moment, Boris l'arrêta :

— Le nom de cette personne, près du parc Monçeau ?

Claire releva les yeux.

— Je ne sais pas, je vous assure.

— Vous vous rappelez quand même l'adresse ?

— Non... C'était derrière le parc Monceau. Il faudrait que je retourne là-bas. Je retrouverais peut-être.

— Comment était-elle cette personne ?

Claire décrivit. Ça ne leur disait rien.

— Et pourquoi Odile vous a-t-elle emmenée là-bas ?

Claire se mangeait les lèvres au sang.

— Je vous en prie...

— Madame de la Payère, insista Boris, je crois vous avoir répété qu'il fallait tout nous avouer.

Claire se mit à pleurer doucement. Et elle raconta. Puis elle se laissa aller contre le bureau, la tête dans les bras, secouée de sanglots.

***

Une longue plainte assourdie par le capitonnage de la pièce à côté fit sursauter madame Colette.

— Une seconde, fit-elle en se levant.

Quand elle ouvrit la porte, le cri se fit déchirant. Elle referma aussitôt derrière elle et s'approcha de la fille installée sur le chevalet. Elle se tordait dans ses liens, les yeux révulsés. La vieille femme la détacha et la traîna jusqu'à une banquette où elle la renversa pour l'examiner.

— Allons, ce n'est rien, fit-elle. Mais tu m'as fait peur. Bon, on arrête pour aujourd'hui. Repose-toi un peu.

Elle flatta les fesses de la fille et l'aida à s'allonger.

— J'ai mal... J'ai mal..., bredouillait la fille.

Madame Colette la calma en lui passant les mains sur le front.

— Allons, un peu de courage. Ton julot sera content de toi.

Elle ressortit. Odile était toujours prostrée dans un fauteuil. Elle avait tout avoué à madame Colette. Depuis la nuit avec Keresso jusqu'à la conclusion : le sac et son trésor devenus irrécupérables.

— Eh bien, fit celle-ci en se rasseyant, on peut dire que tu es dans de beaux draps. Et en plus, tu es raide...

Odile ne bougeait toujours pas.

— Qu'est-ce que vous me conseillez de faire ? Moi, je ne sais plus...

La vieille femme croisa ses jambes gainées de nylon noir.

— Tu n'as pas trente-six solutions. Tu retournes au tapin pour te refaire un peu de blé et puis tu prends l'avion pour très loin. Je te fais confiance, à l'arrivée, tu referas surface. Va à Saint-Moritz, ce sont les fêtes de fin d'année. Tu te renfloueras vite.

Odile releva la tête.

— Oh, pour ça, oui. Mais c'est avant qui m'inquiète. Tous les poulets vont rafler ce soir. Le bois, l'avenue Foch. Tout.

La vieille secoua la tête.

— Non, si tu es mariole. Change de quartier. Va à Barbès.

Odile écarquilla les yeux.

— La pipe à cent balles ! Vous êtes dingue. J'ai besoin de me faire au moins deux briques avant le dernier vol pour la Suisse, ce soir.

— Pas pour la Suisse, corrigea Madame Colette. Trop risqué. Pour Milan. De là-bas, tu reprendras un vol pour Zurich.

— C'est ça, j'y ai déjà pensé, à Milan... Une nuit à l'hôtel, des repas. Je n'aurais jamais assez de blé.

Madame Colette soupira :

— Je vais te prêter. Mais désolée, pas plus de quatre mille. Les banques sont fermées.

Odile s'examina :

— Je ne peux quand même pas aller tapiner avec ce manteau ! Quelle conne j'ai été de lui prêter ma fourrure !

Madame Colette ouvrit un placard et sortit un vison gris.

— Tiens. Tu me le rendras quand tu pourras. Et puis, aie confiance en moi. Les poulets ne me tireront pas un mot. Maintenant, sors par l'escalier de service. C'est plus prudent. Et va te faire changer les plaques de la Mini le plus vite possible. Allez, bonne chance !

***

Odile était partie depuis cinq minutes quand la sonnerie retentit à la porte d'entrée. Claire de la Payère n'avait vraiment pas le sens de l'observation. Il lui avait fallu une demi-heure pour retrouver la rue et l'immeuble. Mais elle y était arrivée.

***

Boris se mit à siffloter en fixant madame Colette droit dans les yeux :

— Vous savez que ça peut vous coûter très cher la découverte de votre petite usine à torturer les filles, même consentantes ? Alors, je vous fais une proposition. Ça me fait mal, mais je n'ai pas d'autre moyen.

« Moi, je n'ai rien vu ici. Ce qui n'empêche pas que vous fermez boutique et qu'on vous garde à l'œil. Mais je n'ai rien vu. Et mon collègue non plus. En échange, vous m'aidez. Et c'est facile. Traquée comme elle est, Odile n'a qu'une seule personne à qui venir demander de l'aide : vous. La fameuse solidarité des putes, n'est-ce pas ? Elle est raide. Elle a besoin de fric pour s'enfuir tout de suite. Elle n'est pas bête. Elle a dû gamberger et se dire que la bourgeoise parlerait de vous et qu'on rappliquerait. Autrement dit, il fallait venir avant nous. Ça lui laissait un délai de trois heures au plus. Le délai est passé. Elle ne viendra plus. Et vous savez pourquoi ?

La vieille femme soutenait son regard.

— Parce qu'elle est déjà venue, reprit Boris. Et il n'y a pas longtemps. La gosse que vous torturiez dans la pièce à côté a vu une grande pute blonde assise ici, par la porte ouverte à un moment. La description correspond.

Il se pencha :

— Allez, racontez.

Madame Colette remit son chignon bien en place.

— Chapeau. Bon, j'y vais.

Elle raconta tout, y compris son aide financière et ses conseils. Mais sans parler du vison gris. Ni du problème des plaques de la voiture. Ni surtout du conseil de changer de territoire de tapin.

Au même moment, Odile ressortait d'un petit garage de Levallois. Avec de nouvelles plaques. Mais sans carte grise correspondante. Et délestée des quatre mille francs. Il ne lui restait plus rien...

Le type lui avait demandé sept mille francs. Il n'avait accepté de rabattre qu'à condition de se la taper sur son établi de toutes les manières possibles.

Elle roula jusqu'à la gare du Nord et descendit aux lavabos publics pour se laver, se remaquiller et se recoiffer. Et elle prit le chemin de Barbès.

Du côté du Bois et de l'avenue Foch, comme prévu, c'était la grande descente des policiers. Comme dans tous les palaces. Et la surveillance systématique des plaques d'immatriculation de toutes les Mini grises métallisées.

Odile se bloqua en sortant de sa voiture à Barbès peu après la tombée de la nuit, à cinq heures et demie. En face d'elle, une brasserie illuminée de guirlandes de lampes et décorée de sapins et d'affiches de menus de réveillon. Alors elle se rappela que c'était le soir de Noël.

Elle serra les dents. Il allait être gai, son Noël à elle...

CHAPITRE XV

William Stephens, attaché culturel à l'ambassade des Etats-Unis, avait un urgent besoin de se remonter le moral lui aussi. Ce matin, il avait appris sa mutation à Moscou. D'accord, c'était une promotion : là-bas, il dirigerait le service. Seulement, c'était quitter Paris. Au bout de cinq années merveilleuses. Le coup de foudre pour Paris, tout de suite. Et surtout pour le petit travers personnel de l'Américain : les prostituées ! Des amazones aux étoiles filantes des beaux quartiers, aux chandelles de la rue Saint-Denis en passant par les clandés, les call-girls, les putes à Arabes, il avait tout pratiqué, au gré de ses fantasmes du moment.

Ce soir de vague à l'âme, sa fantaisie l'avait guidé vers quelque chose de fort et de brutal. Une de ces « chandelles » à cent francs de Barbès. Bien vulgaires, trop maquillées et qui faisaient de fabuleuses fellations ultra-rapides dans un couloir d'immeuble promis à la démolition.

Rue de la Goutte-d'Or, il obliqua à gauche et se retrouva bientôt rue Polonceau. Tout de suite, il eut le ventre en feu. Elles étaient là-bas, les grosses et les maigres, les grandes et les petites, les bonnes putes à cent balles ! Il allait faire son choix. Le meilleur moment, presque. Celui où on attend le déclic. La bouche qui fait le plus envie. Il était au milieu de la rue quand il eut un choc. Une fille en vison gris. Très grande. L'allure type de la prostituée des palaces. Insultante de beauté et de classe pour les autres.

Il s'approcha. Le vison était entrouvert et la fille était nue dessous. Elle le fixait avec insolence, bouche entrouverte, langue un peu sortie.

— Tu es à la redresse, toi ! s'exclama William qui connaissait son français comme sa poche. Un soir de Noël... Tu as dû drôlement déconner.

Odile baissa les yeux.

— *Shit*, jura l'Américain en découvrant le collier et le tatouage pubien. Un paillasson (1)

Il se pencha et lut.

— Et tu appartiens à un Nègre, en plus !

Odile vibra. Tout ce qui lui rappelait Abdou lui était devenu odieux.

— Tourne-toi. Montre le cul, fit William.

Elle obéit, soulevant son manteau à deux mains. Ça faisait deux heures qu'elle tapinait. Quatre clients... Les autres filles avaient rigolé en la voyant arriver, l'insultant à tout-va. Mais personne ne l'avait chassée, par même les julots de passage pour la comptée. Il n'est pas rare qu'une pute des beaux quartiers soit envoyée ici, généralement à titre de punition pour une faute commise. Et on se gardait de lui reprocher cette intrusion sur le territoire. Les julots des beaux quartiers ont le bras trop long pour qu'on se permette de les contrarier.

(1) Surnom des prostituées avec qui tout est permis.

— Combien tu dois ramener ce soir ? demanda William.

— Deux mille, répondit Odile, toujours tournée vers le mur et les fesses à l'air.

Elle frissonnait. Il commençait à faire très froid.

— Tu as déjà ramassé combien ?

— Quatre cents.

Là c'était la vérité. Quatre cents francs en une heure. Une misère...

— Eh bien dis donc, tu es encore là demain à midi, toi. Retourne-toi. C'est grave ce que tu as fait ?

Elle gardait toujours les yeux à terre. Et elle gambergeait. Curieux client... D'abord, il posait des questions. Ça ne se fait pas. Et puis lui non plus n'avait pas le genre d'ici. Elle tenait peut-être sa chance...

— Oui, finit-elle par avouer.

— Ah... Et on peut savoir ?

Odile parut abominablement gênée.

— J'ai craqué, finit-elle par « avouer »

Une fille qui craque, en argot de maquereau, c'est une fille qui refuse soudain les exigences impossibles. Inadmissibles.

— Je vois, murmura l'Américain. Ecoute, je peux peut-être t'aider. Je n'étais pas venu ici pour une fille comme toi, mais un paillasson de ton gabarit, ça ne se refuse pas. Je te fais une proposition. Et c'est à prendre ou à laisser. Trois mille pour trois heures, chez moi. Il est six heures. Ça fait jusqu'à neuf. Mais je te préviens, je peux être très compliqué.

Elle n'avait pas besoin d'un dessin. Ce qu'il allait

lui demander, ça faisait dix mille à son tarif habituel. Mais elle n'avait pas le choix.

— C'est d'accord, murmura-t-elle.

L'Américain eut un sourire carnassier. Se payer une fille comme ça pour trois mille francs, c'était le rêve. Heureusement qu'il avait de la fortune personnelle. Et pas seulement son salaire d'attaché culturel.

— Où est ta voiture ? Je suis venu en taxi.

⁂

Odile s'arrêta sur le seuil. Elle observait tout, les jolis meubles anciens, le tapis d'Orient, la mezzanine. Il y avait un piano droit et une partition dessus. Des revues partout, des livres, des tableaux au mur. Toute une atmosphère intellectuelle et artiste à la fois. Dans la pente du toit, il y avait des « chiens assis », des fenêtres comme à la campagne. Et partout, des poutres apparentes. On se serait vraiment cru à la campagne ici, dans ce sixième étage sans ascenseur de la rue de la Chaise, tout à côté du carrefour Sèvres-Babylone. Un endroit merveilleusement préservé où il aurait été si doux de faire escale, entre deux accès de tempête...

Elle se redressa. Déjà son client lui demandait d'enlever son vison. Il eut un nouveau sifflement admiratif.

— Miss Monde..., fit-il. Ton Nègre a bien de la chance.

Elle le fixa :

— Le fric.

Il alla chercher les billets dans le tiroir d'une

commode Louis XVI et les lui tendit. Elle compta soigneusement.

Il s'assit dans un fauteuil et la fit se courber sur ses genoux. Puis il lui ouvrit les fesses et fouilla.

— Très bien, apprécia-t-il. Le cul est praticable des deux côtés.

Il lui releva la tête.

— Ouvre la bouche. En grand.. Voilà... Ah, ça promet.

Il la retourna et commença par lui attraper les seins, qu'il malaxa, tirant sur les pointes.

— Sensuelle avec ça, commenta-t-il en plongeant la main droite dans les grandes lèvres du sexe rasé et tirant sur le clitoris.

— Je vais commencer par t'entrer dans la bouche. A genoux bien sûr. Mets-toi à genoux.

Elle n'obéit pas.

— Tu n'aurais pas des lentilles, par hasard, dans ta cuisine ?

Il s'écarquilla :

— Des lentilles ?

— Ne pose pas de question. Dis-moi seulement où je peux en trouver. Tous les Américains qui vivent en France ont des lentilles dans leur cuisine.

Il en avait puisqu'il était un Américain vivant en France. Et il lui indiqua où. Quand elle revint, elle s'agenouilla, le sac de lentilles à la main.

— Tu vas m'en dire des nouvelles, Yankee.

Elle se mit dans la bouche une poignée de lentilles. Et puis elle se courba, commençant à déboutonner William.

Il comprit très vite. C'était fabuleux. Autour de son gland, la gorge profonde allait et venait. Suceuse, savamment lente et puis rapide. Et puis de nouveau lente. Et c'était dingue ce que la poignée de petits grains durs pouvaient frotter, caresser, exciter toute la chair de son membre. Il y avait des moments où ça soulevait le rebord de son gland. Fabuleusement. Et alors, il était au bord de l'explosion. Mais Odile s'arrêtait. Et il reprenait souffle. Puis ça repartait, et le « régiment » de lentilles recommençait à lui gratter le gland, à le faire délirer. Jamais il n'avait reçu une fellation aussi diabolique. Il faillit exploser, puis la bouche démentielle de génie de la fille nue à ses genoux, avec son collier, son ventre tatoué, son corps de reine-esclave, se fit câline, comme maternelle. Des ondes de bonheur lent et retenu le caressaient jusqu'à l'échine. Il haletait, renversé dans son fauteuil. Il aurait juré qu'Odile devinait au dixième de seconde près le moment où il allait se vider. Et elle l'empêchait, bouche verrouillée autour de son membre. Bloquant l'excitation de ses terminaisons nerveuses. Et repartant. Doux. Tout doux. Accélérant peu à peu jusqu'à le faire se cabrer comme un animal. Puis, hop, tout se calmait. Bouche de nouveau bloquée autour du gland. Et ça repartait. Les lentilles se remettaient à frotter circulairement. Et William avait l'impression de n'être plus qu'un corps qui va être aspiré par ce gland dans un maelström délicieux. Juste par le gland.

Odile se détacha avec précaution de la verge presque violette à force d'avoir été sollicitée. Elle fit se répartir les lentilles du côté de chacune de ses joues.

— Quand tu veux, fit-elle.

William avait les yeux en transe :

— Vas-y, vas-y !

Elle replongea. Et là, il eut l'impression qu'une pompe aspirante branchée sur lavage automatique s'était emparée de sa verge. On le soulevait, on l'obligeait à se soulever, on le tirait hors de son siège, bras tendus en arrière sur les accoudoirs ! Il se tordit en arc de toute la courbure de ses reins et il se mit à hurler. Elle le tira encore jusqu'à l'obliger à se mettre debout. Et elle le traînait à travers la pièce, elle à genoux, lui titubant comme s'il avait vidé une bouteille de whisky au goulot. Elle aspirait jusqu'à la dernière goutte de son liquide. Elle tirait. Elle tirait !

Quand elle l'abandonna, avec un bruit de caoutchouc qui saute, il partit à la renverse dans un canapé.

Elle lui souleva les paupières.

— Regarde, j'avale.

Et elle avala lentement, comme si elle avalait du caviar.

William fit sauter le bouchon de la bouteille de champagne et il remplit les deux coupes.

— Santé, la reine de la pipe, fit-il en levant sa coupe. Crois-moi, il y a quinze ans que je pratique les putes. On ne m'a jamais sucé comme ça. Les lentilles... Ah ! les lentilles...

Odile le fixa avant de boire une gorgée.

— Ça va ? Il t'en reste un peu pour le casse-noisettes ?

Il s'écarquilla.

— Le casse-noisettes ?

Odile but son champagne.

— Tu ne connais pas ?

Là, William Stephens, attaché culturel et grand baiseur de putes devant l'éternel, se dit qu'il avait vraiment découvert l'oiseau rare, rue Polonceau, à Barbès.

— Tu sais que tu es un sacré numéro, toi, reconnut-il.

Puis il posa la question qui lui brûlait les lèvres :

— Pourquoi tu fais ça ? Je ne te l'ai pas demandé.

Elle progressa vers lui, à genoux, seins balancés, bras rejetés en arrière.

— Tu es beau gosse, connard. Tu me plais.

Elle lui fit casse-noisettes, et il se dit que pour le restant de sa vie, il demanderait à genoux qu'on ne lui fasse plus jamais rien d'autre que casse-noisettes. La seule chose qu'elle lui avait demandé, c'était de l'ouvrir, avec quatre doigts avant de la pénétrer. Puis il n'avait plus rien eu à faire qu'à essayer de résister à l'écrasement saccadé de son membre. Il avait l'impression qu'il allait disparaître dedans, aspiré par une succion contre laquelle on ne peut rien.

Elle le fit durer une demi-heure. Puis elle s'arracha et il cria.

Ils terminaient la bouteille de champagne. Et William dévorait des yeux la pute à collier de fer et à pubis tatoué.

— C'est ton Nègre qui t'a appris tout ça ?

Odile reposa son verre.

— Pour les questions sur ma vie personnelle, c'est cinquante mille de plus.

Il baissa les yeux.

— Trop cher pour moi.

Il se leva et alla mettre la radio. Au hasard. De toute façon, ça rockait déjà partout, à la radio, en avance sur la nuit de Noël. Odile en profita pour vérifier l'heure : vingt heures. Ça allait. Elle était dans les temps.

— Tu es fatigué ? fit-elle « gourmande ».

Il hocha la tête à droite et à gauche.

— Ne te fous pas de moi...

Odile éclata de rire :

— Pauvre mec. Tu n'as vraiment baisé que des lycéennes avant moi !

William Stephens sursauta :

— Déconne pas... Tu es championne, OK, mais déconne pas.

Elle se leva, consulta sa montre.

— Encore une heure. Tu as un souhait précis ?

Il la fixa. Et il avait vraiment l'air de réfléchir. Ça, il réfléchissait, le William Stephens ! Dans quinze jours, il serait à Moscou. Livré aux seules putes moscovites... Dont la réputation n'est plus à faire, côté nullité.

— Je vais partir bientôt en voyage, fit-il. Très loin. Je voudrais te proposer quelque chose.

Il hésita.

— Ce soir, reprit-il, je suis allé draguer avant un réveillon amerloque, comme tu dis. J'irai à ce réveillon, je ne peux pas faire autrement. Mais avant je voudrais qu'on fasse un accord.

Il réfléchissait à ce qu'il avait en liquide à la maison. Cinq mille... Ça ne suffirait pas.

— Je voudrais finir en beauté à Paris, reprit-il. J'ai cinq mille en liquide. Je te les donne en acompte. Après-demain, à l'ouverture des banques, je vais chercher vingt mille. Ça te va pour trois jours ?

Odile voila le feu qui s'était emparé de ses prunelles.

— Trop loin, après-demain. Il me faut dix mille supplémentaires tout de suite. Tu as bien une carte de crédit. Un Américain bourré aux as comme toi, ça a une carte Gold. Descends me chercher les dix mille. C'est plein de banques dans le coin.

Une fois restée seule, elle téléphona à l'aéroport de Roissy. Le dernier vol pour Milan, un vol supplémentaire de Noël, décollait à onze heures. Elle devrait être dans les temps. Elle refit ses comptes. Dix-huit mille en tout. Le miracle.

William revint avec les dix mille francs un quart d'heure plus tard.

— Attends-moi ici, fit-il. Je ne fais qu'un saut là-bas.

Elle passa son vison.

— Ça me laisse le temps de me faire un client.

Ils descendirent ensemble.

— Je te dépose à une station de taxi ? fit Odile en entrant dans la Mini.

Elle le déposa devant chez *Lipp* et il prit le premier taxi de la file. Le feu était repassé au rouge et la Mini se trouvait tout à côté.

William se fouilla et sortit un billet de cinq cents francs.

— Suivez cette voiture, fit-il au chauffeur.

Subitement, il venait de se dire qu'après tout, il pouvait couper à sa soirée. Et que ce serait beaucoup plus intéressant de filer Odile. Et pourquoi pas ? De la partager avec son client. Sans payer lui... Puisque Odile était déjà sous contrat.

CHAPITRE XVI

Quai des Orfèvres, dans le Bureau des Affaires recommandées de la Brigade Mondaine, la sonnerie du téléphone de Boris se déclencha. Il décrocha aussitôt. C'était Aimé, qui centralisait dans une voiture toutes les recherches des beaux quartiers.

— Alors ? fit-il avidement.

La voix d'Aimé était lasse :

— Toujours rien.

Boris lâcha un juron. Aimé se gratta la gorge à l'autre bout de la ligne :

— J'ai pensé à quelque chose, Boris. Il devient de plus en plus probable qu'elle a fait changer ses plaques d'immatriculation. Alors, ça me donne une idée. Cette Mini, après tout, elle a peut-être des particularités. Je ne sais pas, moi. Une aile cabossée par exemple. Une voiture qui fait du Paris, ça s'abîme. On a peut-être là un moyen de l'identifier.

— Tu as raison, vieux frère. Tu as raison. Je vais tout de suite aller trouver le bel Hubert et lui poser la question.

Dix minutes plus tard, l'ordre était dispatché partout : intercepter toute Mini grise au feu arrière gauche éteint. Hubert de la Payère n'avait fait aucune difficulté pour donner le détail.

*
**

William Stephens commençait à ne plus du tout se sentir dans son assiette à l'arrière de son taxi. Quelque chose ne collait pas. Au lieu de partir draguer vers le bois de Boulogne ou les Champs-Elysées, la Mini avait pris la direction diamétralement opposée. Elle était allée jusqu'au bout du boulevard Saint-Germain et maintenant, elle fonçait, avec son feu arrière gauche éteint. Le long de la Seine, direction porte de Bercy. Bizarre. Odile avait-elle l'intention de trouver un client au bois de Vincennes ? Pas son genre... Alors qu'est-ce que tout ça signifiait ?

Il s'appuya au dossier du siège devant lui en grognant. Tout ça commençait à sentir le coup fourré à plein nez. Sur le tableau de bord, le radio-téléphone n'arrêtait pas de diffuser sa succession d'appels et de conversations. Le chauffeur se tourna vers William.

— Pas mal, la pute, là-bas, hein ? ricana-t-il.

L'Américain sursauta :

— Pour ça, oui...

— Je suis peut-être indiscret, reprit le chauffeur, mais vous jouez un drôle de jeu, tous les deux. C'est un accord entre vous ?...

William Stephens le fixa, ahuri.

— Qu'est-ce que vous allez chercher ?

Le chauffeur haussa les épaules.

— On en voit des trucs bizarres, vous savez, quand on est taxi de nuit. Alors, un de plus ou de moins. Parce que c'est une pute, ça crève les yeux...

L'Américain cherchait une réponse quand le

radio-téléphone se remit à parler. Le standardiste de la compagnie.

— Allô, allô ! Il y a un appel police à tous les taxis. Recherche d'une Mini gris métallisé au feu arrière gauche éteint. Prévenir immédiatement si localisée. Et la suivre.

— Mince, alors. C'est elle ! s'exclama le chauffeur.

L'Américain avait maintenant les oreilles en feu : une pute en cavale ! Avec dix-huit mille francs à lui ! Il s'était fait rouler comme un bleu.

— Dépassez-la ! hurla-t-il. Faites-lui une queue de poisson.

Le chauffeur décrocha son micro.

— Minute. Je préviens d'abord.

Quand il eut passé le message, il se remit à rire.

— En avant, fit-il en pressant le champignon. On va s'amuser un peu.

Il rattrapa la Mini juste avant qu'elle s'engage, porte de Bercy, dans la rampe menant au périphérique extérieur. Très vite, il fut à sa hauteur, redescendant en seconde pour avoir plus de jus à l'accélération au moment de la queue de poisson. Le visage de la fille se tourna vers lui, avec une expression de curiosité, d'abord, puis de stupeur.

— Tiens, elle vous a reconnu, ironisa le chauffeur, juste avant de pousser un juron.

Au moment exact où, arrivé là-haut sur la voie nord du périphérique, il s'apprêtait à donner un coup de volant à droite, la Mini avait pilé. Lancé comme il était, il ne put s'arrêter qu'au bout de vingt mètres.

— Elle est dingue ! cria-t-il.

William Stephens se mit à marteler à deux poings la tablette de la lunette arrière.

— *Shit!* fit-il sourdement.

Là-bas, la Mini s'enfuyait. Fonçant à contresens sur le périphérique.

Le chauffeur attrapa son micro.

— Pas question de faire comme elle. Je tiens à ma peau. Je téléphone le tuyau, et je vous ramène chez vous.

Quand il eut passé son appel, William Stephens lui attrapa l'épaule :

— Non. Vous allez à Roissy. Si elle est en cavale, c'est là qu'on la retrouvera. C'était sa direction, non ? Elle va prendre l'avion.

Le chauffeur se gratta la nuque.

— Pas bête. Seulement, il y a deux aérogares à Roissy.

L'Américain haussa les épaules.

— Quand on quitte l'autoroute du Nord pour prendre la voie menant vers les deux aérogares, il y a bien un kilomètre avant la séparation en deux. Vous n'aurez qu'à vous ranger avant l'intersection. On a de l'avance sur elle, puisqu'elle est repartie vers le sud. Le temps qu'elle rebrousse chemin, on sera là-bas depuis longtemps. On n'aura qu'à la guetter. Et la suivre...

***

Ce que faisait Odile, c'était de la démence totale. Mais elle n'avait pas le choix. Il fallait absolument atteindre la prochaine sortie à l'envers, celle du quai d'Ivry. Tout à côté mais le bout du monde quand on roule à contresens sur un périphérique. D'accord, ce n'était pas tout à fait la cohue des heures de pointe mais tout de même. Elle fonçait le plus près possible de la barrière de sécurité, phares allumés. Et aveuglée par les phares que les conducteurs d'en face mettaient immédiatement en la voyant.

Chaque fois qu'une voiture la frôlait, la Mini était secouée comme par une tornade. Les avertisseurs hurlaient partout dans les coups de frein en catastrophe à arracher la gomme des pneus. Odile était inondée de sueur, terrorisée, mais elle tenait bon. Pourvu qu'il n'y ait pas une voiture de flic dans les parages...

A un moment, elle crut bien sa dernière heure arrivée : un car s'était mis à zigzaguer en l'apercevant. Le choc de plein fouet était inévitable. Elle ferma les yeux... Miraculeusement, le car redressa d'extrême justesse. Le souffle fut tellement fort qu'Odile eut l'impression que la Mini était soulevée du sol.

Quand elle arriva enfin quai d'Ivry, elle était au bord de l'évanouissement. Elle s'engagea, toujours à contresens, dans la bretelle descendante. Un poids lourd arrivait en face. Enorme. Elle réussit à passer au jugé, éraflant tout le côté gauche de la Mini à la barrière de sécurité et quand elle fut de l'autre côté, elle faillit faire un tête-à-queue tellement la voiture se balançait dans tous les sens. Puis il y eut un hurlement de freins et de la gomme arrachée. Aussitôt après son demi-tour, elle remonta la rampe et reprit le périphérique, direction nord.

La Mini tanguait et tirait à gauche. La direction avait dû en prendre un coup. Elle dut ralentir. Au-dessus de soixante à l'heure, elle ne contrôlait plus son volant.

Ça lui parut durer un siècle d'atteindre, sur l'autoroute du Nord, l'embranchement vers Roissy. Puis, elle fonça sur la voie menant à l'Aérogare I. Sans remarquer le taxi arrêté sur le bas-côté qui démarrait aussitôt derrière sa voiture : elle avait au même moment consulté sa montre. Ouf, dix heures et quart : son vol était dans trois quarts d'heure, elle l'aurait.

Elle s'engagea dans la spirale menant au parking aérien et à peine passée la barrière du péage, elle eut la chance de trouver une place. Elle se rua hors de la Mini et fonça vers les ascenseurs.

Odile fit un bond de côté à se tordre les chevilles sur ses talons hauts : surgissant à pleine vitesse, un taxi avait failli l'écraser. Maintenant, il pilait net. Odile s'apprêtait à l'insulter mais elle se bloqua, le cœur dans la gorge : deux hommes en jaillissaient. L'Américain et le chauffeur du taxi.

— Mon fric, salope ! hurla William Stephens.

Ce fut son tour de stopper : avec une rapidité ahurissante, Odile avait sorti un pistolet de la poche de son vison. Un joli petit pistolet de dame luisant. Et elle le visait.

— Appelle l'ascenseur, fit-elle d'une voix dure. Quand il sera arrivé, vous montez dedans tous les deux. Et vous disparaissez.

Il fallait bien obéir... William Stephens pressa le bouton. Tintements de sonnerie légère, ouverture d'une porte. La cabine était vide.

— Ouste, entrez !

L'Américain observa, les yeux hors de la tête, le trou noir du canon.

— Je te retrouverai, siffla-t-il.

Odile lui jeta un regard fauve.

— Je ne te le conseille pas. Presse le bouton.

Il obéit. Les portes se refermèrent. Et ils disparurent du champ de vision d'Odile. Un autre ascenseur arrivait et s'ouvrait. Odile le prit aussitôt.

CHAPITRE XVII

Il fallait avoir l'œil exercé pour s'apercevoir que quelque chose d'anormal se passait dans l'aérogare de Roissy. Une chasse à la femme. Comment distinguer les dizaines de policiers en civil errant partout, l'œil aux aguets, des autres voyageurs ? Pourtant, tout était bouclé et contrôlé. Les guichets de réservation, les restaurants, les boutiques, les issues de parking. Chaque palier d'ascenseur. Les stations de taxis. Sans compter tous les écrans de contrôle au poste de police central de la PAF (1) de l'aéroport.

A leur arrivée, Boris et Aimé avaient trouvé l'Américain et le chauffeur de taxi. Tout ce qui ressortait de leurs déclarations, c'est qu'il risquait d'y avoir du rififi : Odile était armée. Et elle avait de l'argent. Ça aide.

Boris se tourna vers le commissaire divisionnaire de la PAF.

— Le bouclage de l'Aérogare 2 est fait ? Au cas où elle aurait pris la navette entre les deux Terminaux.

(1) Police de l'Air et des Frontières.

— Oui, tout le monde est dessus là-bas aussi. Et des renforts arrivent.

Boris approuva :

— On n'a pas oublié les hôtels, le RER, la navette ?... Parfait.

Il se leva et alla examiner les écrans. Cherchant une silhouette en vison dans la foule.

— On devrait surveiller Orly-Sud et Orly-Ouest également. On ne sait jamais. Elle n'est peut-être déjà plus ici. Et les gares aussi. Il faut tout prévoir.

***

Ruth Kauffman était particulièrement heureuse, ce soir-là. Avant de venir à Roissy, elle avait eu son fiancé au téléphone à Zurich. Finalement, il avait pu se faire remplacer pour le réveillon de Noël à sa brasserie et il pourrait venir l'attendre à l'aéroport. De là, ils partiraient directement en voiture pour le ski. Du coup, Ruth s'était habillée pour aller à la neige. Anorak, pantalon et bottes fourrées. Et elle avait suspendu, de chaque côté de son sac à dos, ses chaussures de ski.

Après avoir fait enregistrer son billet, elle alla consulter le tableau d'affichage des départs. Elle avait encore une heure et demie devant elle. Elle prit l'ascenseur et descendit au sous-sol. Là, elle se dirigea vers les toilettes.

Il n'y avait personne à la table de la femme de service. Personne non plus, à cette heure, devant les lavabos. A part là-bas, une grande blonde en vison. Elle se dirigea vers une cabine et, au moment de tourner la poignée, elle sentit quelque chose de dur dans ses reins.

— Pas un mot. Fais ce que je te dis. Entre.

Ruth obéit. Terrorisée. Puis elle n'eut pas le temps de pouvoir penser à quoi que ce soit d'autre. A peine était-elle entrée, qu'elle eut l'impression que son crâne éclatait, et elle s'effondra.

Odile se releva et ferma posément le verrou derrière elle. Puis elle déposa dans un coin la bouteille d'eau minérale trouvée sur la table de la femme de service et dont elle s'était servie pour assommer Ruth.

Pour commencer, elle avait à faire quelque chose de pas agréable du tout. Mais il le fallait. Elle ne pouvait pas se permettre de laisser la fille reprendre conscience avant très longtemps. Avant qu'elle-même ait débarqué à l'étranger. Quand on est une experte en martinet-cordelette, on n'a pas de mal à se servir d'un lacet de chaussure, surtout de ski. Bien solide.

Elle étrangla la jeune fille vite fait bien fait. Puis elle se mit à la déshabiller. Dix minutes plus tard, elle était en anorak, pantalon, bottes fourrées, et les cheveux sagement rangés en chignon sous le bonnet de laine rouge à pompon. Elle décrocha les chaussures de ski, trop encombrantes, du sac à dos et elle passa celui-ci. Dans la poche de l'anorak, elle trouva un trousseau de clés. Une fois ressortie, elle s'en servit pour refermer, comme avec un passe, la porte de la cabine. On ne trouverait la fille que le lendemain matin.

Elle alla se démaquiller complètement et vérifia une dernière fois sa tenue. Parfait : la skieuse-type. Elle se dirigea vers le bar le plus proche et se mit dans la file d'attente du self-service. Encore une heure avant le départ de son nouveau vol. Elle avait le temps.

Bon. Elle était repérée en tant que blonde en vison gris et talons hauts. Mais pas en skieuse. Elle avait vérifié avant de ressortir de la cabine : billet pour Zurich. Et enregistré. Eh bien, elle prendrait l'ascenseur roulant et se présenterait à la douane en se glissant dans un groupe. Elle rabattrait son bonnet sur son visage. Le douanier ne se méfierait de rien. Et elle passerait. Avec dix-huit mille francs en poche. De quoi refaire surface une fois arrivée à Zurich.

Odile termina tranquillement son petit dîner. Le vol pour Zurich était dans quarante minutes. Encore quelques minutes avant de monter. Elle se leva et retourna aux toilettes. Celles-ci étaient toujours aussi vides et elle fut parfaitement tranquille pour se bourrer les joues par en dessous avec le coton qu'elle était d'abord allée acheter à la pharmacie de l'aéroport. Puis elle se passa le visage sous l'eau froide et frotta. Jusqu'à obtenir une jolie mine écrevisse.

Elle se regarda. Et elle sourit : elle ne se reconnaissait même pas elle-même. Et surtout, elle pouvait passer, sans trop de difficultés, pour la Suissesse dont la photo était collée à l'intérieur de son nouveau passeport.

Elle remonta jusqu'à la porte d'accès au vol, et s'engagea sur l'escalier roulant. Elle arriva devant le guichet. Merveilleux : tout un groupe se pressait, rigolant en allemand. Elle se mêla à cette affluence. Elle tendit son passeport au douanier noir. Il jeta un bref coup d'œil à son visage pour comparer avec la photo. Elle était verte sous le feu de ses pommettes... Le douanier lui rendit son passeport et tendit la main vers la suivante.

Elle passa. Ça y était. Gagné.

Dix minutes plus tard, Odile était assise dans l'Airbus entre un gros rougeaud et une étudiante. Le gros rougeaud l'avait aidée à mettre son sac dans le rangement fait exprès, au-dessus d'eux.

***

Félicien Doubada, titularisé douanier à Roissy trois mois plus tôt, tamponnait distraitement les passeports qu'on lui présentait. Il ne savait pas exactement pourquoi, mais dans sa tête de Guadeloupéen échappé à la médiocrité de la vie antillaise parce qu'il avait eu le courage à vingt-cinq ans de s'expatrier sous les cieux pluvieux de la vieille Europe, un problème tournoyait. Encore mal déterminé pour l'instant. Une chose était sûre : ça avait un rapport avec une skieuse. Une fille passée tout à l'heure avec un groupe de blondes et de blonds rigolards. Le vol de Zurich. Mais pourquoi ça le turlupinait le souvenir de cette skieuse de Noël si semblable aux autres ? Il continuait à tamponner des passeports et il cherchait. Sans trouver. Alors, il abandonna la partie. De toute façon, c'était l'heure de passer son tour au collègue suivant. Mario. Un Corse.

— Rien à signaler ? fit Mario.

— Que dalle. Et la pute n'est pas passée.

Il rigola.

— Je l'aurais repéré, le vison. Crois-moi.

Il se leva et son collègue s'installa à sa place. Sous le comptoir, il y avait une photo d'Odile

Legrand. Le Corse l'examina soigneusement. Sacré morceau de fille, la blonde. Il se la serait bien envoyée. Il soupira et attrapa le premier passeport posé devant lui.

***

Aimé Brichot se tourna vers un des collègues de la Police de l'Air.

— Vous avez bien un distributeur de jus de fruits ?

L'autre eut un petit sourire d'excuse.

— Oui, mais il est en panne. Juste pour Noël. Il va falloir aller au bar. Il y en a un au niveau des départs.

Aimé Brichot se leva.

— Tu viens, Boris ?

Maintenant, ils étaient accoudés au comptoir devant leurs jus de fruits. Mucts. Et assez sinistres. A leur droite, sur l'immense tableau d'affichage des départs, des vols n'arrêtaient pas de s'effacer. Et chaque fois, ils se disaient : « Elle est peut-être dedans. » Mais non, c'était impossible. Tous les postes de douane étaient en alerte. Avec sa photo. Et un flic en surveillance supplémentaire. Alors, il fallait bien se rabattre sur la seule solution possible : elle ne partirait pas. Elle attendrait quelques jours. Elle avait de l'argent. Elle pouvait tenir.

A côté d'eux, deux hommes rigolaient autour de leurs whiskies. Visiblement des collègues. Boris se tourna vers eux et se présenta :

— Ça ne va pas fort, hein ? fit-il.

Les autres approuvèrent.

— On bosse pour rien ici. Elle s'est rebarrée sur Paris, c'est sûr.

— J'ai bien peur que oui, soupira Boris.

Le flic le plus proche de lui se mit à rire.

— Pourtant, on a même vérifié jusqu'aux skieuses et aux routardes en sac à dos. Des fois qu'elle aurait trouvé le moyen de se changer.

Boris se figea.

— Des fois, oui...

Il réfléchissait à toute vitesse. Bon, comment fait-on pour changer de tenue dans un aéroport ? On peut aller dans une boutique de fringues... Mais elles étaient surveillées. Alors, que reste-t-il comme moyen ? Obliger quelqu'un à vous donner ses vêtements. OK, mais le quelqu'un en question refuserait. Sauf sous la menace...

Boris attrapa le bras d'Aimé.

— Petit vieux, je viens de penser à quelque chose. On remonte au poste et on se grouille.

Là-haut, le commissaire le regarda comme s'il était devenu fou.

— Bloquer tous les décollages ? Mais vous êtes tombé sur la tête ! Vous voyez la pagaille ? Et, en plus, ça va coûter une fortune à la Swissair, parce que c'est elle qui va devoir payer.

Boris haussa nerveusement les épaules :

— Non. Et pour une bonne raison, la raison d'Etat. Ça existe, vous le savez aussi bien que moi et dans le cas précis, je suis autorisé à l'utiliser. Ordre venu de très haut.

L'autre parut impressionné mais il continuait à hésiter.

Boris commençait à s'énerver.

— Une demi-heure. Juste une demi-heure. J'en

prends la responsabilité. Je n'ai pas besoin de plus d'une demi-heure.

Les vitres se mirent à vibrer : sur la piste, un jet venait de décoller. Pourvu que ce ne soit pas le bon...

— Très bien, fit le commissaire. Mais c'est vous qui écopez, hein ?

Boris le remercia d'un sourire mécanique.

— Maintenant, on fouille toutes les toilettes de l'aéroport. Toutes.

*
**

Ali Jinnah, l'un des Pakistanais du service de nuit de nettoyage de l'aéroport faisait son travail dans les toilettes pour femmes du sous-sol voisines des bars. L'une après l'autre, il balayait les cabines, lavant les cuvettes, remettant un nouveau rouleau de papier. Il sortit de la troisième cabine et s'approcha de la suivante. Verrou fermé. Tiens, ça faisait une vingtaine de minutes qu'il était là, et il n'avait vu entrer personne. Quelqu'un avait peut-être eu un malaise. Il frappa. Pas de réponse. Alors, il prit son passe et il ouvrit. Tout de suite après, il se rua vers la sortie, décomposé. Et avec une telle vitesse qu'il se jeta de plein fouet sur deux hommes qui entraient.

— Ça va pas la tête, mon vieux ! s'exclama le plus grand des deux.

Ali le fixa et d'une voix hachée, en anglais :

— *Come, come, please* (1).

(1) Venez, s'il vous plaît.

Félicien Doubada, le douanier noir, se remettait en civil dans son vestiaire. C'était drôle, il continuait à penser à cette skieuse en bonnet enfoncé jusqu'aux yeux. Mais pourquoi, bon Dieu!... Il se tapa tout à coup sur le front et se mit à jurer.

— Bordel, mais bien sûr, les mains! Les mains!

Trois minutes plus tard, il entrait, haletant, dans le poste de police.

— Monsieur le Commissaire! hurla-t-il. Le vol de Zurich! Il y a une skieuse. Ça vient de me revenir. Elle avait les ongles très longs et tout rouges.

Il reprit sa respiration :

— Des ongles de pute.

Boris se précipita sur lui.

— Une skieuse, vous dites?

— Oui, exactement ça. La tenue de skieuse. Avec des ongles de pute.

Il écarquilla les yeux. Sur le bureau du commissaire, une paire de chaussures de ski était posée. Les chaussures retrouvées dans la cabine où une fille nue gisait à la renverse sur un vison. La gorge étranglée par un lacet encore en place. Et il manquait un lacet à l'une des chaussures.

Boris jeta un coup d'œil rapide au commissaire.

— On redonne le feu vert à tous les autres vols. Et qu'on me passe au téléphone le commandant de bord du vol de Zurich.

***

Dans l'Airbus stationné en bout de piste, une voix d'hôtesse s'éleva dans les haut-parleurs.

— Mesdames et Messieurs, nous allons avoir un léger retard de décollage. Il est dû à un incident technique à la tour de contrôle. Tout va rentrer dans l'ordre bientôt. Veuillez nous excuser pour le contretemps.

Puis elle répéta l'annonce en allemand.

Le cœur d'Odile s'était mis à battre plus fort. Et si l'incident technique, c'était elle... Mais non. Il n'y avait aucune raison. Elle avait passé la douane. Elle s'enfonça dans le dossier de son siège et poussa un soupir. Elle commençait à délirer... Pour se calmer, elle posa bien à plat ses mains sur ses genoux. Puis elle eut un petit picotement dans le dos. Et elle replia ses doigts. Ses longs doigts aux ongles immenses peints d'un rouge violent. Vraiment pas la peine que ses voisins lui trouvent de drôles de mains pour une skieuse à sac à dos d'autostoppeuse.

Subitement, une image la traversa : quand elle avait donné son passeport au douanier il avait bien fallu le faire avec la main... Ça y était, elle recommençait à délirer. S'il avait remarqué quelque chose, il ne l'aurait pas laissée passer. Un douanier, c'est payé pour avoir l'œil exercé. Quand même, elle enrageait : elle avait de grosses moufles fourrées dans les poches de son anorak. Si elle les avait mises, elle n'aurait pas maintenant ces lancinantes contractions du plexus. Elle s'immobilisa, les oreilles tendues vers le haut-parleur. Et les yeux fouillant la travée devant elle jusqu'aux portes refermées de l'avion. Les hôtesses passaient, souriantes avec leur chariots. Pour faire patienter les voyageurs, on avait décidé de leur offrir tout de suite, en dépit des usages, le traditionnel champagne des vols de Noël. Arrivée devant Odile, l'hôtesse se pencha :

— Mademoiselle ?

Odile fit signe que oui. Visage baissé. Le verre pétillant était maintenant tendu vers elle. Il fallait bien le prendre. Et montrer sa main... Elle retourna celle-ci paume ouverte et prit le verre par en dessous.

— *Prosit* (1) ! lui lança le gros rougeaud.

*
**

— Ça y est, elle est repérée, fit le commandant de bord dans son micro. L'hôtesse a vu les ongles rouges.

Dans le poste de police, Boris serra son écouteur.

— Sa place dans l'appareil ?

— En milieu de cabine, classe touriste, à droite. Entre un Allemand d'une cinquantaine d'années et une jeune fille.

— Merci. Refaites une annonce aux passagers. Dites-leur qu'ils n'en ont plus pour longtemps à attendre. Je vous rappelle quand le dispositif est en place.

Boris raccrocha.

— Vous comptez vous y prendre comment ? fit le commissaire.

Boris se passa les mains sur les joues.

— En douceur. D'accord, préparez les spéciaux et l'ambulance au cas où... Mais je préfère aucune intervention. Elle est armée, ne l'oubliez pas.

Il prit Aimé Brichot par l'épaule.

(1) A votre santé, en allemand.

— Tu viens, vieux frère ? Mais promets-moi. Toi tu restes dans la cabine des premières avec les spéciaux. Tu as une femme et des gosses.

***

Odile termina son verre et le reposa dans son logement, contre le dossier du passager de devant. Son plexus se tordait de plus en plus. Pourquoi les hôtesses avaient-elles tiré les rideaux séparant la classe touriste de la cabine de première ? Elle avait assez pris l'avion, et en première, pour savoir que ça ne se fait qu'en vol. Au moment du décollage, il faut que le passage soit entièrement libre dans les travées. Or, l'hôtesse avait annoncé le décollage pour dans vingt minutes. Elle se pencha vers le hublot, essayant de voir dehors. Rien. Aucun mouvement de voiture. Tout de même, c'était bizarre. Il fallait se tenir prête. Et ça voulait dire avec un pistolet complètement chargé. Or, elle le savait, il ne restait plus que deux balles dans son chargeur. Les autres étaient dans leur boîte à côté de l'arme, au fond d'une poche de l'anorak. Elle se leva :

— Excusez-moi, fit-elle en souriant à la jeune fille.

Elle sortit dans la travée et se dirigea vers le fond de l'appareil. A peine entrée dans les W-C, elle sortit son pistolet et éjecta le chargeur. Puis elle se mit à y glisser fébrilement ses balles.

A l'avant, en première classe, il n'y avait plus aucun passager. Mais trois spéciaux. Plus Boris et Aimé. L'hôtesse de surveillance derrière le rideau se retourna :

— Elle est partie aux toilettes.

Boris serra les mâchoires.

— Voilà ce que vous allez faire, tous. Je veux dire tout le personnel du bord. Vous allez vous répartir dans les travées. Et je compte sur vous pour faire évacuer les passagers dans le calme. Pas un cri. Rien. Ils laisseront tout sur place. Et pas question de lancer un appel dans le haut-parleur. Il y en a aussi aux W-C. En revanche, quand tout le monde sera en cours d'évacuation, allez-y. Annoncez que le décollage est confirmé pour dans très bientôt.

Le commandant de bord se gratta la tête.

— Ça va être coton... Vous vous rendez compte de ce que vous me demandez ?

Boris approuva en soupirant :

— Parfaitement. Mais vous voulez qu'elle sorte et qu'elle tire dans le tas ? N'oubliez pas que c'est une tueuse et qu'elle n'a plus rien à perdre. En combien de temps peut-on évacuer une carlingue quand il y a urgence ? Vous avez sûrement répété l'exercice.

— Bien sûr. Douze minutes avec un Airbus, maximum.

— C'est long... Essayez de battre vos records.

Dans les W-C, Odile sursauta à l'appel annonçant le décollage. Ah, elle avait paniqué pour rien... Mais il fallait rester prudente. Elle recommença à remplir son chargeur. Elle était tellement nerveuse qu'elle se cassa un ongle. Elle tremblait, elle avait un mal fou à enfoncer les balles correctement. Enfin, les quatre balles supplémentaires furent en place. Elle glissa le chargeur dans la crosse et arma d'un coup sec. Cette fois, une balle était engagée dans le canon. Elle libéra le cran de sûreté, remit l'arme dans sa poche et posa la main sur le loquet.

Au même moment, le dernier passager était hors de danger. Tout s'était passé dans un calme parfait. Et les bus de piste, dehors, enfournaient leur chargement d'hommes et de femmes.

Odile allait rouvrir quand le haut-parleur grésilla au-dessus d'elle. Et elle s'assit lentement sur le couvercle des W-C. Ça y était. Tout s'arrêtait.

— Odile Legrand, disait la voix, vous êtes cernée. Il n'y a plus un passager à bord. Inutile de tenter une bêtise. Il y a eu assez de morts comme ça. Vous n'avez plus aucune chance. Si vous êtes armée, jetez votre arme à terre, et sortez les bras sur la tête. On vous donne deux minutes.

Elle se rua sur la porte et se mit à taper à coups de poing en hurlant :

— Venez me chercher, bande de salauds. Vous ne m'aurez pas comme ça !

Puis elle se recula, son pistolet braqué vers la porte. Cette fois, c'est de derrière celle-ci qu'on lui répondit. Une belle voix grave et très calme :

— Ne faites pas l'imbécile. Réfléchissez. A peine sortie, vous allez vous faire hacher en morceaux.

Elle se vit dans la glace. Hagarde, et puis laide. Tellement laide dans son accoutrement ridicule ! Elle avala sa salive.

— C'est OK, fit-elle. Vous avez gagné. Je sors.

La voix reprit, plus calme que jamais :

— Pas de bêtise, hein !

Elle secoua la tête :

— Mais non, flicard... J'ai pigé.

Elle laissa tomber son arme. Puis elle se regarda encore dans la glace. Non, elle ne pouvait pas sortir avec ce bonnet lamentable ! Elle l'arracha et se recoiffa avec les doigts, se faisant une belle mèche flottant sur le côté gauche.

— Tchao, pauvre conne, fit-elle avec un rictus.

Elle dégagea le loquet. Puis elle fit ce qu'on lui avait demandé de faire. Elle mit les mains sur la tête. La porte s'ouvrit en grand, et elle fixa, exorbitée, le grand flic athlétique aux cheveux noirs devant elle, encadré par deux tireurs à mitraillette. Le flic qu'elle avait vu à l'hôtel, un certain soir, le flic qu'elle avait vu dans une voiture en planque à côté de la Mini au moment où elle allait rentrer au garage. Le flic à cause de qui elle avait perdu une fortune.

Elle s'avança.

— Ça console quand même, murmura-t-elle, de se faire alpaguer par un beau flic.

Puis elle tournoya sur elle-même et s'effondra, narines pincées.

Quand elle reprit conscience, dans un fauteuil, au poste de police, elle parcourut des yeux par en dessous toute cette assemblée d'hommes qui l'avaient traquée comme un gibier. Puis elle eut un petit sourire en reconnaissant parmi eux l'Américain. Elle se fouilla. Mais ses poches avaient été vidées.

— Je lui dois quinze mille, fit-elle. Donnez-les-lui. Mais pour le restant, là j'ai fait le boulot.

Elle arrondit la bouche vers William Stephens.

— N'est-ce pas, mon chou ?

L'Américain se gratta la tête. Ça, il se souviendrait de son dernier Noël parisien...

CHAPITRE XVIII

Odile prit le stylo qu'on lui tendait, elle se pencha sur le dernier feuillet de sa déposition, et elle signa. Puis elle se releva et demanda une cigarette. Boris lui tendit un paquet. Elle se mit à fumer en silence. Elle regardait la Seine en bas, la place Saint-Michel de l'autre côté du Quai des Orfèvres. La foule, les embouteillages. La vie. La liberté...

Boris se rapprocha d'elle. Il n'en avait pas fini avec elle. Et il n'avait pas l'intention de prendre des gants. Odile la triple tueuse, la meurtrière abominable, surtout, d'une petite fiancée allemande, ne méritait aucune pitié.

— Tu n'avais vraiment pas beaucoup d'amis, fit-il. Vraiment pas beaucoup. Si tu savais...

Elle releva la tête.

— Qu'est-ce que ça signifie ?

Boris s'assit de biais sur le bureau.

— Tiens, je peux te le dire, maintenant. Mais tu as vraiment été donnée de partout.

Elle blêmit :

— De partout ?

Il esquissa un sourire triste.

— Eh oui, jolie bande de planches pourries, ton

milieu. Non mais, réfléchis. Je ne parle même pas de Max et d'Abdou. Ça, c'était déjà de jolies crapules. Mais franchement, je n'aurais pas cru qu'on se rue au portillon pour te balancer. Ahurissant.

Elle tirait avidement sur sa cigarette :

— Allez-y. Je veux savoir, même si j'ai déjà quelques idées sur la question.

Boris hocha les épaules :

— Si ça peut t'intéresser... Bon, tu as bien fini par piger, par exemple que Jeannot Hirman t'a balancée aussi sec après t'avoir fourni tes faux papiers ?

Elle vibra.

— J'avais une chance sur deux.

— La mauvaise. A présent, on avait aussi le numéro de tes fausses plaques. On avait tout, je te dis. Tout.

Odile examinait son ongle cassé.

— Tout, ça veut dire quoi, au juste ?

Boris fit semblant de chercher :

— Tiens, par exemple, tu sais que c'est une de tes collègues qui nous a aidés à t'identifier ? Elle nous a même donné ton adresse. Abdou était encore chaud quand on est arrivés.

« Et je ne parle pas du bel Hubert. Tu sais ce qu'il a fait, lui ? Il est allé à Genève. Il avait fouillé ton sac et trouvé les chiffres du compte numéro. Le fric est à lui, maintenant. Tu as même perdu de ce côté-là. Je te dis ça au cas où tu espérerais récupérer la fortune du Gabonais en sortant de taule. Ce serait dégueulasse de te laisser vivre avec de faux espoirs.

Odile accusait le coup de plus en plus. Voûtée comme une vieille, désormais.

— C'est tout ? balbutia-t-elle.

Boris était parfaitement conscient du côté assez ignoble de ce qu'il faisait, mais tant pis. Il fallait la faire craquer. Il avait son plan.

— Non, reprit-il. Il y a encore une personne qui nous a beaucoup aidés. Le plus même, en fin de compte.

Il marqua un temps d'arrêt.

— Une très bonne copine à toi... Tu ne vas pas me dire que tu n'as pas déjà compris de qui je parlais ?

Odile le fixa. Madame Colette. Impossible. Pas elle.

— Madame Colette. Tu connais ?

Tout se mit brusquement à se brouiller dans la tête d'Odile. Elle voyait danser des visages et des noms. Des scènes. Max pistolet au poing. Abdou, tellement adoré et le plus salaud de tous. Et les autres... Avec madame Colette. Elle, l'amie souriante et bonne conseillère ! Ça, elle pigeait la négociation. La trahison contre pas d'ennuis. Elle se releva si vivement qu'elle heurta du genou le bord du bureau et se fit très mal.

— Les ordures. Les pourris..., bégaya-t-elle. Je vais les faire tomber.

Elle tendit la main vers la machine à écrire.

— J'ai encore beaucoup de choses à vous raconter. Et sur beaucoup de gens. Allons-y. Ça va prendre du temps.

Boris prit l'air étonné.

— Puisque tu insistes, c'est OK. Allons-y.

*
**

Quand il surgit, deux heures plus tard, dans le bureau de Charlie Badolini, il agitait une trentaine de feuillets dactylographiés. Et Aimé se frottait les mains derrière lui.

— Patron. Ça y est. Ça a marché. On n'a jamais eu autant de tuyaux. En avant le ménage, maintenant. Ça va faire mal dans les beaux quartiers. La grande lessive !

Charlie Badolini attrapa les feuillets et les examina rapidement.

— Bravo les petits. C'est fabuleux. Mais restez avec moi. Je vais appeler le directeur. Vous ne pouvez pas savoir ce que ça va me faire plaisir de lui prouver qu'on n'est pas des branques à la Mondaine.

Il les fixa tous les deux tour à tour, les yeux roulants dans ses orbites.

— Parce qu'il nous a traités de branques, hier. Oui, de branques !

***

Rabert décrocha le téléphone et il eut un petit sourire.

— Boris ! C'est pour toi.

— Qui ça ?

— Une nana. Qui veux-tu que ce soit d'autre ?

Boris prit l'appareil.

— Ah, Nadia...

La voix était très chaude, à l'autre bout du fil.

— Alors, beau flic, on devait me rappeler, hier. On a déjà oublié sa Nadia ? C'était la nuit de Noël, pourtant.

Boris se gratta le nez :

— J'ai été assez débordé...

— On dit ça. Bon, ça te va ce soir huit heures au *Relais Plaza* ? J'ai réservé ma soirée pour toi.

LES ANTI-GANGS

Les Anti-gangs, une équipe d'hommes durs et implacables qui tuent et se font tuer dans un combat sans merci.

DÉJÀ PARUS :

AUGUSTE LE BRETON :

Nº 1 : L'AS DES ANTI-GANGS
Nº 2 : L'AS ET BELLES CHAUSSURES
Nº 3 : L'AS ET LE CASSE DU SIÈCLE
Nº 4 : L'AS ET LA MARQUISE
Nº 5 : L'AS ET L'ENNEMI PUBLIC
Nº 6 : L'AS ET LES TERRORISTES
Nº 7 : L'AS AU SÉNÉGAL
Nº 8 : L'AS ET LES MALFRATS

GEORGES PIERQUIN :

Nº 9 : LE PLUS SALAUD DES TROIS
Nº 10 : LA POLKA DES RINGARDS
Nº 11 : LE POULET A L'ARMORICAINE
Nº 12 : BASTOS A LA VOLÉE
Nº 13 : TROIS MÉDUSÉS DANS UN RAFIOT
Nº 14 : DES POULETS ET DES HOMMES
Nº 15 : CES DAMES AU SALOON
Nº 16 : TACATA ET FUGUE EN RÉ
Nº 17 : DE L'EAU DANS LE GAZOLE
Nº 18 : BARBE-BLEUE, SATAN AND Cº
Nº 19 : LA POULE AUX YEUX D'OR
Nº 20 : RAS-LE-SAC
Nº 21 : ÇA BARDE A CAMBRONNE
Nº 22 : MISE EN BIÈRE-PRESSION
Nº 23 : CAR L'OS C'EST CARLOS
Nº 24 : LE PRIX DU SANG
Nº 25 : LA PEAU DE LA PANTHÈRE
Nº 26 : MAIN BASSE SUR L'AUTOROUTE
Nº 27 : MISSION EN TROIS POINTS
Nº 28 : QUAND LES SOURIS DANSENT
Nº 29 : CINQ MILLIARDS AU BOUT DU COLT
Nº 30 : FESTIVAL D'AZUR ET DE SANG
Nº 31 : LE GANG DES POSTICHES
Nº 32 : LE PENDU HORIZONTAL
Nº 33 : LA MORT EN SOMMEIL
Nº 34 : DU MOURON POUR LA JOCONDE
Nº 35 : LA BELLE DU 18 JUIN
Nº 36 : OPÉRATION KIWI
Nº 37 : DRÔLE DE DRAGUE

Achevé d'imprimer en mars 1986
sur les presses de l'Imprimerie Bussière
à Saint-Amand (Cher)

— N° d'édit. 11465. — N° d'imp. 393. —
Dépôt légal : avril 1986.

Imprimé en France